林俞歡攝

舒旅金瓜石

賴舒亞

呂銘紘攝

謹獻給上帝，感謝創造天地萬物的主，按時降下春雨、秋雨，賜福大地。

也將此書送給J。與F。

目錄 Contents

輯三　緩慢在家

輯四　散策訣

附錄　景觀、步道、影視地圖

推薦序　王村煌

翻閱慢旅行，遇見慢靈魂

山居歲月，生命流轉，金瓜石和我的淵源非常深厚，二〇〇九年，緩慢金瓜石在山裡扎根，它是薰衣草森林落腳臺灣最北端的一家民宿，這座百年礦城，不如九份熱鬧繁華，卻有一種歷經滄桑，看盡紅塵的韻味，安靜淡泊，悠然漫步山海之間。

金瓜石的時間很緩慢，草木、雲朵、山澗、礦石等，都是大自然傳授慢活的老師，走在詩意蜿蜒的小路，心情自然而然沉靜下來。金瓜石累積珍貴豐厚的礦城歷史，這裡有水圳橋古蹟，高低三層橋的優雅拱形，各自分工運水和運人的功能，是早年配合採礦特有的風土建築。整個腹地，如同一座挖也挖不完的文化金礦，留下的在地風土與生活記憶，非常適合旅人慢慢探索，細細品味。

金瓜石是作家舒亞的故鄉，她筆下所描繪的山城聚落，呈現了細膩接地的風景、人情與脈絡。跟著她的筆尖一路旅行，你會讚嘆茶壺山的豁然壯闊，會震懾本山五坑的幽黑深邃，會迷戀四連棟的懷舊和風。而在書中，她也會告訴你，藏在土地裡的典故與故事背後的細節，像是新堂老街，曾是臺灣淘金年代的銀座；黃金博物館通往金瓜石醫院舊址的臺階步道，就是金城武拍攝電影《太平輪：亂世浮生》的和服路，內容豐饒有趣，引人入勝。煙雨濛濛、山嵐飄移、油毛氈黑屋頂，每一個動人的畫面，都是一片拼圖，等待著旅人前來，拼成金瓜石，壯美的全景。

這本書中，收藏了金瓜石的田野調查，也細訴了金瓜石的古往今來，舒亞與金瓜石有著同樣的慢靈魂，她以溫柔的視角，穿越山城最真實的面向，翻著每一頁，我的思緒回溯一幕幕熟悉的風景，還有湧起對人的惦念。舒亞花了許多晴雨相伴的時間，與土地盤根而生，完成了這部城鄉的書寫，深情而內斂，質樸而自然，獻給摯愛的金瓜石，也獻給追尋慢旅行的人們。

（作者為薰衣草森林董事長）

林俞歡攝

輯一　晾時光

舒旅

今年，我終於決定回鄉長住一段時日，為修身也為養生。不知是臺北的人車太過壅塞、空氣過度混濁，或疫情所引發的後遺症，還是個人本身先天就不足，後天又失調，在城市居住的三十幾年，近來有感耐性愈來愈差，脾氣愈變愈急，在人多的地方愈顯煩悶，尤其每逢從故鄉回到盆地，看到馬路與捷運站的人潮與車陣之際，我都快懷疑自己是否患了人與車不適應症。

許多的朋友很喜歡旅遊，經常出去玩就樂不思蜀，或在回程途中就迫不及待計畫下一次旅行；我也喜歡旅行，可是不致玩到不想回家，每次旅程快結束時，我會想：啊，終於快可以回家休息了。不過有一個情況例外，如果我人在金瓜石就會是相反的狀態，因為這裡就是我的家，我不用特別想著或趕著要回家。

臺北當然也是我的家，只是比較像打拚的地方，我很感謝在家鄉以外有一個讓我過生活的地方，可是不管我怎麼想去認同，仍有寄身他鄉的感覺，我想這跟「歸屬感」有很大的關聯，金瓜石是一個世外桃源，甚至有點遺世獨立的所在，雖然在地理位置上它處於新北市，卻不受都會的干擾。

近幾年身邊有幾位和我一樣喜歡深度之旅的朋友，三不五時會相約一起出走，離市區大概九十分鐘車程的金瓜石成為大家的首選。有別九份與水湳洞過度的熱鬧與僻靜，於自然生態、礦產、歷史人文等豐饒的資源中，自成一個十分具有觀光潛力的特色小鎮；但這樣的幸福絕非偶然，在聚落尚未具體規劃出文化園區時，是鄉親們努力奔走，才催生了黃金博物館，在土地面對重新開礦威脅之際，是耆老們以實際行動挺身捍

藍天白雲下的茶壺山，彷彿正煮著水的茶壺。（鄭春山攝）

衛家鄉，才讓這塊土地避免再遭受凌遲，也讓我還有家鄉能回來。

據文獻所載，「在聚落中，日本所集居的礦山住宅區被命名為本町、壽町、永樂町以及榮町等名稱。另外上有本山、北海道等地名，而水湳洞的住宅區則被稱為末廣町。至於臺灣人所居住的新山、雙板橋、祈堂腳、五寮仔、茂豐、金西坑以及三尖仔鞍等聚落，在戰後則與水湳洞合併，且改稱為金瓜石六里（金山、新山、石山、銅山、瓜山、三安）以及水湳洞二里（濂洞、長仁）。」而目前金瓜石僅存石山、銅山、瓜山、新山四個里。

那麼，關於我已經非常認識，卻還有深入熟悉空間的金瓜石，我應該怎麼來跟你介紹它？或者換句話說，我們能如何一起更了解它？

我曾在〈挖記憶的礦〉中如此寫著，「記憶的第一座山，宛若一支沒把手的茶壺，慈愛地環繞整個村鎮，翻開啟蒙的扉頁，跟隨煙嵐仔細展閱這一座黃金山城——金瓜石，從孵生、成長到經歷開採金礦的起起落落，如果你是初來者，建議你由水湳洞方位觀賞此山，會覺得它像一頭獅子，因此山又名獅子岩山，縱然淘金盛況不再，它至今仍安靜守護著聚落。」

據我所知，金瓜石沒有出過皇帝，站在金瓜石車站看茶壺山，它真的很像一支沒把手的茶壺，或許也才流傳著「茶壺無耳，金瓜無蒂，臺灣才沒有出皇帝」的俗諺。每次搭乘客運回到家鄉，在金瓜石車站（現今的黃金博物園區遊客服務中心）下車，無耳茶壺山總是一如往常坐落於無垠的穹蒼之下，與我深情對望，給人一種厚實的安定力量。對我而言，有無出過皇帝與否，我倒是一點都不在乎，因為光是無耳茶壺山與大金瓜露頭給聚落的地標與地名，已饒富趣味。

至於當年用來劃分金瓜石與九份礦權的基隆山（在一八九六年，日本以通過基隆山頂的正南北線作分界線，基隆山以東的礦權屬於金瓜石，由田中組負責，基隆山以西的礦權屬於九份，由藤田組經營），因從金瓜石看它，山形宛若一位橫臥的孕婦，故又名大肚美人山，以橫看成嶺側成峰來形容在兩個不同聚落所看見的基隆山，實在貼切。

金瓜石，這座過去產黃金，挖金礦的山城，自一八九四年，大金瓜露頭被發現後，就從四面八方湧進大批想一圓淘金夢的採金人潮，當時小小的聚落匯集了數萬人，前後歷經清代、日治、國民政府時期，到了一九九〇年，礦坑封閉，終止金瓜石百年來的繁華。

沉寂了好多年的金瓜石，後來陸續因侯孝賢導演《悲情城市》、王童導演《無言的山丘》等電影，逐漸受矚目，繼而吸引觀光客慕名而至，才又翻啟聚落嶄新的一頁。

在豐富的礦產外，這座偌大山城最特別之處應該要說是它的天氣了，讓人歡喜讓人憂愁，既期待又怕會失望。這裡是臺灣雨量最豐沛之地，平均年降雨量高達六千五百毫米，比水湳洞的五千毫米、基隆的四千毫米都高，這種降雨量，就算在世界紀錄也是高數值，雖然同屬金瓜石地區，但愈接近山頂的地區雨量愈高，尤其位處礦廠辦公室處所的五坑坑口，該地年平均雨量高於八千毫米，在一九七四年更曾創下降雨量高達一萬一千六百二十毫米的紀錄。

天朗氣清的日子，讓陽光鬆上一層金色光芒的茶壺山，山容抖擻地接待所有蒞臨聚落的人客，當然也包括像我這樣的遊子。落雨的時陣，被雨水沐浴過的山形，輪廓與身上的肌理紋路顯得深邃，同樣歡迎每一位來到山城的遊客，只是雨中的茶壺山多了一份迷濛，令人想一親芳澤，難怪當地人會說：「如果沒來到下雨天的金瓜石，那麼就不算真正去過金瓜石。」雨中的聚落，自有它的詩情畫意。

假若你問我，那麼究竟該在好天氣或下雨天前往金瓜石，縱然幾經思量，我還是必須說聲真的很不好意思，這是一個好難給出真確答案的問題。我只能建議順其自然，無論事先安排或臨時起意都沒關係，儘管放心乘興出發，不用擔憂敗興而歸，因為不管是陽光普照或天降甘霖，這座山城皆會讓人有意外的驚喜。

最近一次因公務返鄉，我入住金瓜石一〇一民宿。民宿主人雅婷開車來接我，她貼心地邊提醒我當心地面溼滑，邊協助我放妥行李，關上車門，等我繫好安全帶，便熟練地發動引擎往民宿方向駛去。她說當晚民宿只有我一位客人入住，等同包棟的概念，我驚訝地問：「都沒有其他的客人？」之前訂了幾次住宿，總是一房難求。雅婷告訴我，其實民宿是連休三天沒營業，但由於我回來，她就接受我的訂房，本來應該也是滿房的狀態，但因山上接連下了半個多月的雨，讓許多遊客都取消訂房，她也很無奈。

那晚，難得只有我一位住客，雅婷準備了一些茶點，我們天南地北話家常，數落著屋外的天氣不知要任性使壞到何時，她說長大後印象裡沒下過這麼密集的雨。這倒也是，記憶中，這種長期性的雨季只有在我小時候存在。聊著工作、感情等生活的轉折，這就是人生啊，我說。然後，我們都不約而同露出釋懷的微笑。

在臺北的朋友羨慕我的山居歲月，不定時會有人傳訊息關心我，順便問山上的天氣好不好，有的說放假要上山來找我，有的想請特休上山來散心，無非一致性抗議在臺北工作壓力太大了，受夠了。最後總會加上：「看看回到故鄉的你，有沒有好好照顧自己。」不管是為什麼想到山上來，世態炎涼，離開都市一陣子沒被朋友給遺忘，我都心存感恩，也代表著故鄉歡迎每位有心造訪的朋友。

然而，當我告訴大家，回到家鄉的首日，金瓜石就下著大雨，一直到第三天中午左右雨勢才稍緩，而且體感溫度可能不到十度，有些人便猶豫了起來，「什麼？十度！」、「等天氣好一點再去找你玩。」、「怎麼會那麼冷？」

每次看著這些訊息總增添我的山居樂趣，還好我沒跟他們說，雨勢大到我還專程去瑞芳買了一雙雨鞋（雖然咖啡色的雨鞋頗時尚，穿起來也算順眼不會土），以免我的ＮＢ步鞋被雨水給滲透、浸溼，否則應該沒人敢冒險上山了。

這就是雨中金瓜石可愛的地方，即使遇上滂沱雨勢，也能有最難風雨故人來的溫暖。

雨中的山城，散發著濛瀧之美。（林俞歡攝）

廊帶山城

剛送走舊年沒幾天，二〇二一年，我與黃金博物館的館長謝文祥約了聊聊在新的一年黃金博物館對金瓜石的計畫，我心中相當期待這一場新年之約。

一早，就有在地藝術家造訪館長，我依約定的時間抵達館長辦公室，藝術家正準備離開，我們戴著口罩點頭示意，彼此道別。

屋外的滂沱雨勢絲毫沒停歇之意，愈下愈瀟灑。我一坐定位，館長就泡了上好的紅茶招待，喝喝茶，搓搓雙手，覺得溫暖許多。

博學多聞的館長不僅深諳天文與地理，對茶也頗有研究，可惜我只知喝好茶，不善說茶，聽他介紹喝在嘴裡不斷回甘的茶，我只能比讚道謝。

到職黃金博物館已逾半年多的謝文祥非常喜歡金瓜石這個山城。館長辦公室外就是無耳茶壺山跟太子賓館，他說能在這樣的環境工作真的很棒，連帶不斷思索如何能讓整個山城發展得更好。

來到金瓜石就職的第一天，謝文祥就被山城的美景給吸引，他說有過去採金的礦業才有現在具典藏、教育、展示等功能的黃金博物館。

當年採金礦業與地質的遺址讓謝文祥對這座山城，與生活在這裡的人們跟這片土地產生了深厚的情感，面對關心聚落的未來，還有許多願意回鄉貢獻己力的鄉親，他深受感動，也因此讓自己積極帶動地方生命力，希望將地質等資產繼續發展，將文化傳承下去。

水湍洞、金瓜石與九份有許多從日本時代留下的礦業遺跡，範圍不小，但黃金博物館資源有限，怎麼運用有限的人力、經費去維持黃金博物園區與整片山城的發展對他而言是一大挑戰。

金瓜石的礦坑全長六百多公里，從本山一坑到本山九坑，高低差將近一千公尺，非常有人文與礦業的特色。「像對面的大肚美人山，還有旁邊的無耳茶壺山都是大自然的禮物，我感覺非常珍貴。」這是謝文祥在繁忙公務之餘最大的享受，他認為有關當年採金的遺址要盡量保存，也希望中央與市府對這個部分可以更多補助，畢竟有許多如太子賓館等文物需要維護。

離鄉多年的我遇見到職不久的謝文祥，總是有一籮筐關於家鄉未來的發展想了解，所幸館長非常有耐心地跟我分享他對金瓜石的藍圖。

與黃金博物館館長謝文祥聊及金瓜石的發展。（林俞歡攝）

一面斑駁的牆身，其中的石頭再怎麼堅強終究不敵時間的刻痕。（林俞歡攝）

靠近本山五坑的黃金館，裡頭展示著百年礦業風華。（林俞歡攝）

大家都希望有更多的人潮能來到金瓜石遊玩，但目前經費與人力有限，除非有另外的資源投入，讓坑道、地質這些寶貴的文化資產受重視、被看見，才能提升地方的高度。

近幾年黃金博物館鼓勵地方參與預算，從提案、投標，把地景礦業或觀光發展起來。館方也與社區互動，謝文祥走訪地方士紳，才了解原來水湳洞、金瓜石、九份（三個聚落合起來簡稱水金九）各自的地名由來如此有意義。另外，在地景的部分，有關鄉親期盼恢復以前的舊斜坡索道，他用心傾聽在地的想法，但館方比較能掌握的部分，是從時雨中學上來的那段中央索道，一直到五坑，由此比較容易看到四坑到六坑的地景，原則上會以五坑為中心，去著墨館內的部分，除了文化部的規劃設計費，也期待未來工程款支持到位，再從館內復舊如舊，中央與地方一起資源統整，也會納入社區地方耆老的建議。

謝文祥是歷任館長中對金瓜石非常用心的館長之一，山城美景讓他傾心不已，在金瓜石與都會區辦公不同，雖然管理節奏快，業務也緊鑼密鼓；但只要環顧前有太子賓館的周遭環境，或走上本山五坑，礦業遺跡與翠綠的山巒，心境就得以抒緩，調整步伐，動中靜，靜中定，工作起來事半功倍。

有人不喜歡下雨的日子，謝文祥卻覺得抬頭看雨天的景色，反倒療癒因公務忙碌的心，如此慢活的環境很難得。環境影響人，生活中很多事需要思考，不管走在祈堂老街，或礦山醫院舊址，每個地景皆使他在公務部門得到啟發與靈感，突破業務上的困境。

無論是謝文祥與同樣在金瓜石土生土長的藝人翁家明走在和服路上為聚落拍攝宣傳影片，或預計今年完工的共學館與研討室，皆為寓教於樂，知性和感性兼具之所，讓聚落的學習與研究有討論的地方，這是共學館的目的，也為了吸引更多人來認識這塊土地。

金瓜石是石頭的故鄉，也承載了它的特性。（林俞歡攝）

環山的聚落，到處可見歷史的軌跡。（林俞歡攝）

謝文祥跟同事都在思考如何建構山城，使周邊環境變得更好，也因這樣的觸發，他一步步走在和服路時，聽翁家明說自己在金瓜石醫院出生（現在要重蓋早年的醫院不可能），想怎麼善用昔日為臺灣金屬礦業公司宿舍的共學館，作為大家探討今昔採金輝煌的所在。

未來能提高觀光品質，同時保有文化資產，以共學館當一個點，再從旁邊發展至上面的和服路，讓每個來到此地的人接觸自然生態、人文與知識，在金瓜石享受緩慢生活，是謝文祥樂見其成之事。

對於金瓜石來講，黃金博物館是一個重要的館舍，社區影響黃金博物館，黃金博物館影響社區，兩者如果有良好的互動，勢必能對地方產生正面影響。從時間軸來說，由前人打下的基礎去思考黃金博物館功能，再到如何整合人力、經費等資源必須明確，才能知道可以做到什麼階段。而針對空間感而言，社區對黃金博物館有所期待，希望推廣觀光建設，而黃金博物館也積極申請地質認證，希望社區與館舍串連，使文化觀光地圖完整，協助社區發展與地景維護皆有穩定的基礎，讓金瓜石成為值得更多人來的地方。

問起謝文祥對金瓜石最大的期待，他說如果能從黃金博物館出發，串連生態，建立文化觀光美學地圖、廊帶，這就是他的期待。

一個地方要好，必須有美的元素存在，從人、時間、地景等元素建構未來的永續經營，而黃金博物館有這樣的潛力，金水特展室、金屬工藝館、煉金樓、五坑體驗區，都是很好的地方，如果只短暫停留就離開相當可惜。「之前每年大概有一百多萬人來金瓜石遊玩，未來希望觀光人口能再增加，同時做好控管。」謝文祥說道。

「謝館長有沒有哪些喜歡的私房景點？」我問。「當然是有大自然與人文景觀的特色，像地質公園的大金瓜露頭，那裡是金瓜石得名的由來，值得一訪。另外，緬懷以前礦工辛苦工作的本山五坑，或從報時山走到戰俘營，再散步去瓜山國小，然後走至緩慢民宿附近，這些地方都不輸國外的景點，當然如果能找到在地導覽的人會更精彩。」最後，館長補充說如果需要伴手禮，金采賣店是不錯的選擇，能提供遊客一些與礦山有關的紀念品。

告別館長後，我獨自撐傘走在雨中，沒先到他推薦的景點，反而選擇參觀久未去的黃金館。館舍的一樓，展示「金光下的山城」，讓民眾一窺百年礦業與人文歷史的發展軌跡。二樓則陳列重達兩百二十公斤左右的梯形大金磚讓人參觀。三樓則是淘砂金的體驗活動。出口的附近，放置的是日治時代，幫助礦坑空氣循環的日製壓縮機。步下樓梯往左走到前面美味的山頂豆花，吃碗豆

昔日礦山的心臟——壓風機。（林俞歡攝）

在整修四連棟過程中發現的防空洞。（林俞歡攝）

花解饞，如果還不滿足，就再外帶一顆茶葉蛋充飢吧。

極富歷史價值的四連棟，映入眼簾的黑屋瓦、紅磚牆深深吸引著我的目光。這裡原住著日籍職員與家眷，戰後改建成臺灣金屬礦業公司員工宿舍，四戶一棟式的設計，每戶皆建有玄關、衛浴等設施。除了規劃成行政場所的第一戶不對外開放，做藝文展覽與播放紀錄片的第二戶，以陳列日治起居主題的第三戶，以及呈現臺灣光復後生活的第四戶，皆讓人像搭乘時光機回到從前，每個角落承載不同的人文與建築之美。緩步輕移在質樸的木製地板（開放的三戶中，兩戶有榻榻米地板），唯恐不經意就弄皺了昔日的臉容。

欣賞由客廳至臥室，從廚房到廊道，內部擺設的簡樸家具、散發民初風味的棉被花色、碗櫃等物件，以及在整修過程發現的防空洞，皆反映出金瓜石在日治與臺金鮮明的時代背景。

從四連棟繼續向前行，經過一小段上坡路，右邊有攤礦山小冰館，販售可樂、薯條、雞塊等糧食，還有依季節提供不同的冰品、鬆餅、茶飲等點心，其中夏季限定的金箔霜淇淋，頗受遊客青睞。

經過派出所、郵局，朝石階往上走就是太子賓館，可惜因維修的緣故，目前太子賓館不對外開放參觀。我在《金色聚落——記金瓜石的榮枯》中這麼寫著：「據曾在太子賓館上過班的耆老說，太子賓館屋頂用的是日本文化瓦，瓦型達七種之多，屋身沒使用鐵釘，採以榫頭組合與黑檀木、檜木、櫻花木等高級木材建造，玄關的門框窗格採富士山的立體雕飾裝飾，深具日式建築特色。」太子賓館裡有一棵我好喜歡的百齡老芎，見證這棟古建築的今昔風華。

此外，金瓜石的植物十分奇特，除了山蘇、雙扇蕨、鐵線蕨、臺灣桫欏、筆筒樹等近百種的蕨類植物，還有見花不見葉的金花石蒜、不是牡丹花卻像牡丹花般漂亮的野牡丹、金毛杜鵑、高山杜鵑等，更有冰河時期絕遺的鐘萼木。

鐘萼木又稱伯樂樹、鐘古樹，為單科單數單種，因開花時像倒吊的鐘而得名，於每年四、五月開花，果實在年底成熟，冬天的鐘萼木，枯木成林，看起來有些淒涼。

有一年雲山水風味餐的主廚二姐與蕨類之父郭城孟在金瓜石看到同一棵鐘萼木在四月初開花，又在同年冬天十一月也開花，還同時結果，然後看到五色鳥在吃它的果實，更特別的是鐘萼木的葉子是輕海紋白蝶的食物。

還有被在地人喚做「半平山石楠」的品種，或稱「紅星躑躅」，這種植物的高度達一公尺以上，比臺灣金毛杜鵑稍微高大，每年四月開花，花朵呈淡桃色狀且帶有十枚雄蕊，有人試著把它移植去平地，但始終無法得到理想的成果。

這讓我聯想到，在礦山生長，再將一生投注於此的金瓜石人，即使後來為了討生活而搬離家鄉，除了必須吃苦耐勞，更需加倍認真奮鬥，否則就會像移植至平地的石楠花。

像極了縮小版臺灣的金瓜石，有熱帶、亞熱帶與溫帶植物，這裡真是一塊值得親身前來認識、珍惜的寶地。而看到棕簑貓、山豬、穿山甲、臺北樹蛙等罕見的野生動物，對長久住在金瓜石的居民成了一種幸福的日常。

「金瓜石的發展有別於九份，九份發展以觀光為主，金瓜石有那麼多人文跟生態與地質，甚至未來在新北市，讓黃金博物館和聚落一起建構新的美學廊帶，與大自然結合。」謝文祥館長的這番話，不只是他的希望，也是我的期盼。

本山五坑是保存最完整的坑道。（林俞歡攝）

土地開出了花朵

好天氣的三月天，新北市瓜山國民小學校友會理事長簡維正（我尊稱他為簡大哥）帶我到久違的三列厝，它位置在時雨中學正門的下方，這裡曾是最密集的日式建築區，更是日本人群居的最大部落，因為從上而下共有三列，每列約有十八戶，所以被稱為三列厝，第三列有一獨棟目前是石山里里民活動中心，是我以前就讀的石山托兒所，前身是公共澡堂。

走過上層的第一列，我們從石階復往下走，我好奇地問簡大哥小時候在金瓜石的探險祕境。「當時常走基隆山右後方一條有種桑樹的路，那條路並不好走，但為了採桑葉餵飽我的蠶，當時好像特別有膽量，也不怕危險。有時也會到本山，沿著飛彈基地走上去，記得路況很差，但因有橘子可摘，也奮不顧身了！」即使那些路徑現今已不存在了，仍聽得我好生羨慕，上一代的冒險機會還是比我那個年代多。

踏下階梯，來到位於第二列中間區域的其中一戶，這裡就是簡大哥的老家，我會想來看三列厝，是印象中曾聽大人提過，日式風格的三排六戶連棟建築十分獨特，為日治時代比較低階的日本工人住的地方，終戰後日本人撤走，換成臺灣的技術工人或較低階的管理人員搬入。

簡大哥說第二列其中有三間還保留著當時的原貌，這已屬私人建物，另外，像獨棟（三毛宅）、二連棟、四連棟等較高級的建物皆為較高階的主管所居住，如今已是公家的建物。我出於想溫習孩提的記憶，故請託簡大哥帶我來看看，到了現場才察覺三列厝真的比想像中更有當年的味道，可以一窺日治時代的建築、當地居民的日常，使人緬懷古早的聚落氣息。

午後陽光微甜地灑落在簡大哥的老宅，他佇立屋前，用手托著下巴，時而沉思，思緒宛若重返童年，當他用手輕撫屋身，那段舊昔的時光像被他召喚到眼前般。「小時候，我跟祖母、父母親及四個弟弟，一家八口就擠在這十二坪左右的空間，房子雖然小，但全家人感情很好。」

我與簡大哥佇足於屋前，聽他講三列厝的故事，童年的生活縱使艱困，但彼此間的心手卻是緊密地相繫，如同他與故鄉金瓜石的情感。

身為企業家，簡大哥不但沒有大老闆的派勢，反倒熱心公益，投身地方大小事，甚至在我寫作遭逢瓶頸之際，多次捎來關心與鼓勵，在我眼中是一位令我欽敬的長者，他照顧家鄉，提攜後進的風範，感動許多人，也是我學習的對象。

參觀過三列厝，我們找了處喝咖啡的地方，望著眼前的山巒，簡大哥讚美起家鄉的魅力。「金瓜石的曠世美景、豐富人文、聚落、歷史，還有許多遺留下來九座採金、銅礦的坑道及機組設備等，地底下仍蘊藏大量各式貴重及稀有礦

簡維正佇足於三列厝老宅，思緒彷彿回到童年時光。（呂銘紘攝）

石，如果能完善地規劃，完美地呈現於世，將會擠進或勝過目前的世界十大地質公園，當會吸引各國關注，自然也將會成為國際觀光旅遊重點之一。」他說這番話時，臉上閃耀出那種以金瓜石子弟為榮的光采，並非筆墨足能形容。

知道我在故鄉習慣走路，簡大哥特別與我分享故鄉的景點，報時山與茶壺山步道，以及地質公園是常走的路徑。此外，他也經常從勸濟堂上方停車場旁的天車間走到六坑，他說這條路線是目前所有在地人積極想開發的路線，如果成功，就能一直延續到水湳洞的停車場，會是一條很棒的慢遊路線；因有環評的考量，故啟動重建斜坡索道並非短期內能完成，但或許能由上而下先做一條步道讓遊客行走，也恢復舊昔居民常走的路，那是在早年斜坡索道旁就有的石階步道。在地耆老努力了二十年，仍未成功，卻始終不放棄。完成斜坡索道，無論對在地人或金瓜石未來要走向國際觀光皆有助益，尤其在交通層面，多了無障礙空間，有些年老或行動不便者就無須再爬石階。

走石階是簡大哥回金瓜石最喜歡的感覺，無論晴天或陰雨，邊走邊享受故鄉的美好，途中的每一幅風景，童年與年少的記憶皆讓他魂牽夢縈。

問及前陣子的雨季，簡大哥想起青春期就讀的時雨中學，有人說「時雨」得名是因當地時常下雨，也有一說是及時雨。金瓜石下雨好像變成一種常態，我們在地人必須學會與它和平共處，儘管如此，簡大哥仍希望來金瓜石住宿的客人盡量不要遇到雨天，如果碰上也只能隨遇而安，打個小傘走在聚落也有一種羅曼蒂克的氛圍，雖然懂得享受雨中寧靜的人畢竟少數，但正好來金瓜石可以在雨中走和服路、黃金博物園區的太子賓館與周邊景點，別有一番風情。

昔日用來運礦與載人的斜坡索道。（林俞歡攝）

簡大哥說：「自己看過最美的風景就是在傍晚時分，金瓜石車站下著小雨，打傘在雨中行走，沿著黃金博物館園區，踩踏紅色地磚的金光路，看點著燈的四連棟，那種迷濛之美，使人一生難忘。」

金瓜石縱使有金礦發跡、戰俘營、金瓜石事件等歷史典故，但尚未達到讓人非來不可的程度，這裡有高峰、大山、奇岩，以及豐富的蕨類植物等自然生態；但這些不能各自為政，簡大哥認為必須將這些層面整合起來，進而吸引國外的旅人前來，更多認識金瓜石，這也是校友會積極推動的目標，譬如現在當人講起法國會想到普羅旺斯，他希望有一天，人們提到臺灣就想來金瓜石，如今的金瓜石正在前進中，縱然緩慢，卻走得很穩健，踏實。

我們聊及金瓜石的核心——祈堂路（金瓜石老街），它非常安靜，即使不同一般老街的熱

位在金瓜石老街祈堂橋的《階梯通往之處》。（呂銘紘攝）

鬧，仍有許多人慕名而至。二〇二〇年，由新北市立黃金博物館舉辦的礦山藝術季，有六件的地景藝術作品至今仍持續在這裡展出，為聚落添了新亮點，根據黃金博物館提供如後的資訊，讓專程來欣賞地景藝術作品的遊客能更進一步地認識這塊土地。

Ⅰ、《The Light》

位在舊醫院遺址的《The Light》，從記憶的追尋到場景的重現，重新建構出金瓜石醫院的現今可能的「遺址樣貌」。

Ⅱ、《鑛客》

位在金瓜石祈堂老街內九份溪橋旁的《鑛客》，一座荒廢多年的水利遺構，長滿野草開滿了野花，與山坡上開滿的芒草相映著，那年礦穴裡的溼度與歌聲悠悠的傳唱……

Ⅲ、《礦・石・人》

位在祈堂老街民宅的《礦・石・人》，礦石是山城地圖，是去過何處或來自何方的標記，是礦山人尋找長輩記憶探險的證明。

Ⅳ、《掀開／背後／金與暗》

位在祈堂老街民宅的《掀開／背後／金與暗》，黃金色彩與油毛氈暗黑的對比映襯，彰顯這黑色聚落山城所要描繪省思的議題！

V、《階梯通往之處》

位在金瓜石祈堂老街祈堂橋的《階梯通往之處》，在地居民的故事、人文地貌、金礦組合為一道金色的階梯，乘載著各自對地方的想像與憧憬，金瓜石所留下的人們、建築與歷史，本身就是蘊含著黃金的礦脈。

VI、《礦聲憶韻》

位在金瓜石祈堂老街防空洞的《礦聲憶韻》，防空洞中裝置約五十組聲音裝置，在防空洞中特殊的聲響與回聲結構，重現聲音地景。

在這些作品中，比較令我個人有共鳴的是《階梯通往之處》、《掀開／背後／金與暗》跟《鑛客》，其中又以《階梯通往之處》最讓我喜歡，宛若踩踏，經過那一層又一層金黃色的石階，就能抵達光亮的夢想所在，看見聚落不滅的希望。

我們感謝黃金博物館為聚落做的努力，期待到此一遊的旅人喜歡上這裡。未來如果有機會，簡大哥也願意扮演志工的角色，帶團替來金瓜石的遊客導覽家鄉的風景，分享在這片土地上開出的美麗花朵。

黃金色彩與油毛氈暗黑對比映襯的《掀開／背後／金與暗》。（呂銘紘攝）

位在祈堂路內九份溪橋旁的《鑛客》。（呂銘紘攝）

祈堂路上，引人遙想當年採金過往的風景。（林俞歡攝）

走文化

暑氣逼人的下午，按原定的行程往山城祕境出發，想不到還走沒一半的步道，身上已汗流浹背，衣物在豔陽下溼了又乾，乾了又溼，外頭高溫迫使我取消本來的戶外散步，轉移陣地向室內移動，才不辜負臨時起意的小小出走。

隻身來到金瓜石文化館，環顧四周，儘管裝潢簡單，但整個空間麻雀雖小，五臟俱全，利用金瓜石銅山里活動中心開設的金瓜石文化館，這個地方是由蕭錦章與蕭錦耀兩兄弟所發起的，不止有超過二十座以上與當年礦山相關的模型跟景點，他們還創造了能活動且栩栩如生的索道系統，口述導覽則由張傳益與吳朝潭負責，透過文化館延續礦山的文化，使居民有較多接觸藝文的機會，也喚起離鄉遊子找回共同的記憶，進而討論金瓜石日後的發展。

二〇一八年二月二十八日金瓜石文化館舉行開工儀式，開始館內陳列木工施作，現場布置。之後陸續增加作品，約莫在同年九月大致完成，透過不同復刻，重現過往消失的建築模型，變成一個讓遊客了解聚落以前生活，聽導覽員看模型說故事的場所，泰半在假日開館。

其實，金瓜石文化館的靈感起源於二〇〇四年蕭錦章與施政廷合著的《金仔山的故事——金瓜石》，而在文化館尚未正式成立前，蕭錦耀已著手製作了非常多座與金瓜石有關的模型，只是一直苦無適合的展場，後來得知里民活動中心閒置二十多年，於是把現有的模型在此展出，兩兄弟希望有空間展示與在地有關的文物，讓導覽員講故事給遊客聽，而遊客能拍照記錄。籌備之初，號召同學捐款，也獲得許多鄰居的幫忙，捐出覺得自己留著用處不大，提供給文化館，反而能讓更多人看見過往的歷史物件，有耆老一口氣捐出八盞礦火燈給館方，這樣凝聚的鄉情讓蕭錦耀動容，設置在金瓜石的黃金博物館保存的史料，更足以證明昔日亞洲金都的輝煌過往。

而金瓜石文化館的成立，把所曉得的故事透過模型，呈現出礦區的生活與歷史，以當地文化為本讓人能更了解這座黃金山城，落實慢遊的輕旅行。蕭錦耀說有些礦工提供許多礦石等寶貴的私藏，期待將來有更大的空間能展出所有的作品與收藏。

「模型做出來放在文化館，有些耆老看到就開始講與模型相關的故事，我就再把這些故事分享出去，久而久之，文化館變成有愈來愈豐富故事的地方，來金瓜石不來文化館不算到過金瓜石。」蕭館長說來文化館沒有樂捐金錢沒關係，但一定要聽故事，只靠在館內自己逛一圈，沒有專人導覽，有些東西是無法看懂的。

金瓜石文化館館長蕭錦耀講解礦山歷史。（林俞歡攝）

曾有人反映金瓜石真的很美，可惜吃東西的地方太少，因此，金瓜石文化館特別提供一些簡單的點心招待遊客，也鼓勵大家能在這裡住一晚，加入聚落緩慢的生活。蕭錦耀形容金瓜石是臺版的眷村，有著緊密的生活環節。春天看飄流的雲海。夏天享受清涼的山風不用冷氣。秋天的溫度舒爽宜人。冬天下著有節奏感的雨。這裡是自己從小到大的快樂天堂。

遊客在金瓜石文化館內邊上臉書邊津津有味地吃著白木耳、芋圓，臉上露出滿足的表情。館長端給我一杯黑咖啡，他說館內免費招待飲食，如果想表達謝意的話就幫忙打卡或按讚，就是對文化館最大的感激。

「一九三三年，國營日礦接手金瓜石礦權，投入大量的人力與資本，採購先進的機具，將坑道內外的五大運輸系統有效率地統合，建構了十三層選煉廠。從此金銅礦產量大增，成為亞洲第一金

昔日採礦的運輸系統。（林俞歡攝）

都。」蕭錦耀館長說，「金瓜石屬於基隆山火山群，一百萬年前在海裡，火山爆發，地殼變動，用推擠的原理，把整個基隆山火山群推擠上來，所以金瓜石有金是在海平面升上來，把金子遺留在金脈上面。」讓遊客知道金子的由來，這是文化館主要推廣的課程。

一九六六年金瓜石大著金（發現金脈），在吉江礦體發現富金包，生產約莫三至四萬兩黃金，此後風光了十幾年。蕭館長回憶起當時許多人去昇平戲院看戲等娛樂表演。那是過去的休閒，現在的金瓜石應該讓人看見文化，這也是文化館要繼續努力的目標。

我請館長介紹文化館最值得一瞧的模型，他帶我走到一幅礦區剖面圖前，替我解說。礦工在坑內的工作大家看不到，礦坑全長約六百公里，裡頭錯綜複雜，坑坑洞洞，坑道的生活其實十分辛苦。

聽著深入淺出的導覽，體會長期來聚落以發展文創、結合觀光代替重新開礦，一直是許多鄉親的想法。金瓜石有著普羅旺斯的潛力，但它無須刻意去模仿普羅旺斯，因為世界上不會再有第二個普羅旺斯，正如全世界只有一個獨特的金瓜石，適合度假與生活的所在。

我看見角落的樂捐箱，問了館長才知道，文化館由於受限於公家單位的空間無法有收門票或販售餐飲、紀念品等商業行為，只能用樂捐的方式維持文化館的營運。

位於金瓜石祈堂路的文化館是讓遊客了解聚落的管道，如果老街沒有文化館鐵定會缺少許多在地過往的歷史故事，像金瓜石與九份黃金的差別，兩個聚落的生活差異性，這些都能透過來文化館得到解答。

來了文化館幾次，最常聽到遊客問現在金瓜石還有沒有金子可以淘，鎮館之寶淘金達人陳石成就會趨前，邊拿出口袋的礦石邊說：「有啊，喏，我身上這個就是前幾天才淘到的。」但如果遊客想跟著他到溪裡去淘金則得預約。

金瓜石有當年坑道、淘金等採礦體驗的地方，值得安排兩天一夜的尋幽訪勝之旅。我想起匈牙利王朝重要金、銀礦產的斯洛伐克「班鎮」，因城市歷史與周邊礦業水利遺址，於一九九三年被聯合國教科文組織（UNESCO）列入「世界人類文化遺產」，正式被納入全球觀光產業，具聯合國頒定的「金字招牌」，並受全球文化體系所保護。

臺灣從二〇〇二年推動「臺灣世界遺產潛力點」，將「金瓜石聚落」列為潛力點，後來更擴充至周遭自然、產業人文環境的水湳洞與九份變成「水金九礦業遺址」，透過臺灣社會自行建構的「世界遺產潛力點」，用全球化的地方特殊性，擴大在地觀光與全球的連結。

這樣的發展，我樂觀其成，同時期許金瓜石的未來能朝文化層面加以深耕，這個文化不只是在地現有的文化，也盼待其他像文學、音樂、繪畫等藝術層面

架空索道在當年是十分先進的設計。（林俞歡攝）

行走在斜坡索道的礦車。（林俞歡攝）

都能更多地被帶動起來，還有停車場旁的無敵海景，面對海景的右手邊是極富異國風情的天車間、斜坡索道遺址，這些景觀值得妥善的規劃，不單是讓觀光客來拍照、打卡上傳臉書，而是進一步思考如何將它們的歷史由來介紹給到此一遊的人認識，當然這個目標得靠公部門與地方同心協力才有辦法達成。

離開文化館前，我請館長推薦送人自用兩相宜的伴手禮，「富礦袋。」他不假思索地回答。也是，我想應該沒什麼比得上以前用來裝含金量最高的富礦袋適合了（以前的金礦分為三等：上、中、下，上礦即富礦）。

日頭逐漸沒那麼熾熱，我繼續在山中隨意走逛，感覺背包似乎多了幾分的重量，或許是富礦袋喻表的祝福吧。「文化是一種使命感，不要在金瓜石白走一遭，哪天即使文化館無法繼續經營，至少這裡曾有金瓜石文化館存在過。」蕭館長的話言猶在耳，我拿出手機，邀請朋友下回有空撥冗蒞臨金瓜石文化館。

賣命挖礦的礦工，矽肺病是難逃的夢魘。（林俞歡攝）

把路找回來

在我心中一直有一個願望，能有一條通往回家的路，以及能有一條將過去我所錯失故鄉風景的路找回來的路，並且是能一直存在的道路，包括沿途的每一道風光。

我知道這不僅是我個人的心願，也是許多在地長輩的願望，我們很認真，在不同崗位上盡各自的力量，努力想把路找回來，同時維護路上每一爿斑剝的門扉、古樸的小橋流水，每一處的鳥語花香、斷垣殘壁，以及溫良的人情等各種暖心的風景。

I、走路略記

年紀愈大愈喜歡走路，或說散步，沒壓力的慢遊，一方面行走能訓練腳力，另一方面散步可以舒心。

往本山地質公園的路，可以由黃金博物館入口旁的路出發。一般遊客要去地質公園，可以從石尾路上去，中間經過黑肉坪，聽說研究地質的人會去那邊找礦物，黑肉坪一直走上去會到地質公園，早期我們稱地質公園為「金瓜山」，那裡是本山露頭。

等走到浪漫公路之後，接下來會抵達水圳橋，往前走到正在整頓的石頭公園，然後爬石階，經過水管路至一線天，走到內九份溪看看另一座磚紅色的水圳橋。

再爬過一長串的階梯，走到瓜山國小，再往前走到以前的戰俘營。行經祈堂老街。參觀金瓜石文化館。

以上整個路程走完，大約四個鐘頭左右。

II、水圳橋

今年，二〇二一年春節期間，二月十七日晚上收到朋友傳來金瓜石礦業圳道及圳橋（又名黃金橋、三層橋）被遊客踩斷的新聞畫面，當下除了難過之外，只想趕回去關心橋的情形（如果有車，當下一定立刻開車回去），雖然我自己的左腳踝也在昨天不小心踩空而扭傷，但仍決定隔天就搭客運返鄉去看看。

翌日在車上用手機點閱相關的報導，才曉得水圳橋在二月十六日就被人踩斷了（我跟水圳橋不僅同病相憐，還同一天受傷）。

這座有著三層造型的水圳橋是新北市的市定古蹟，分別興建於不同時期，最早的是位於最底層溪谷，建於清代的小拱形石橋，以前外九份溪的溪水豐沛，小拱橋位置偏低，行人來往經過不那麼方便，因此民國時又興建中間這座水泥橋梁。一九三三年，日治時期（昭和八年）用鋼筋水泥興建

耆老鄭春山專注地跟我說著礦山的歷史。（林俞歡攝）

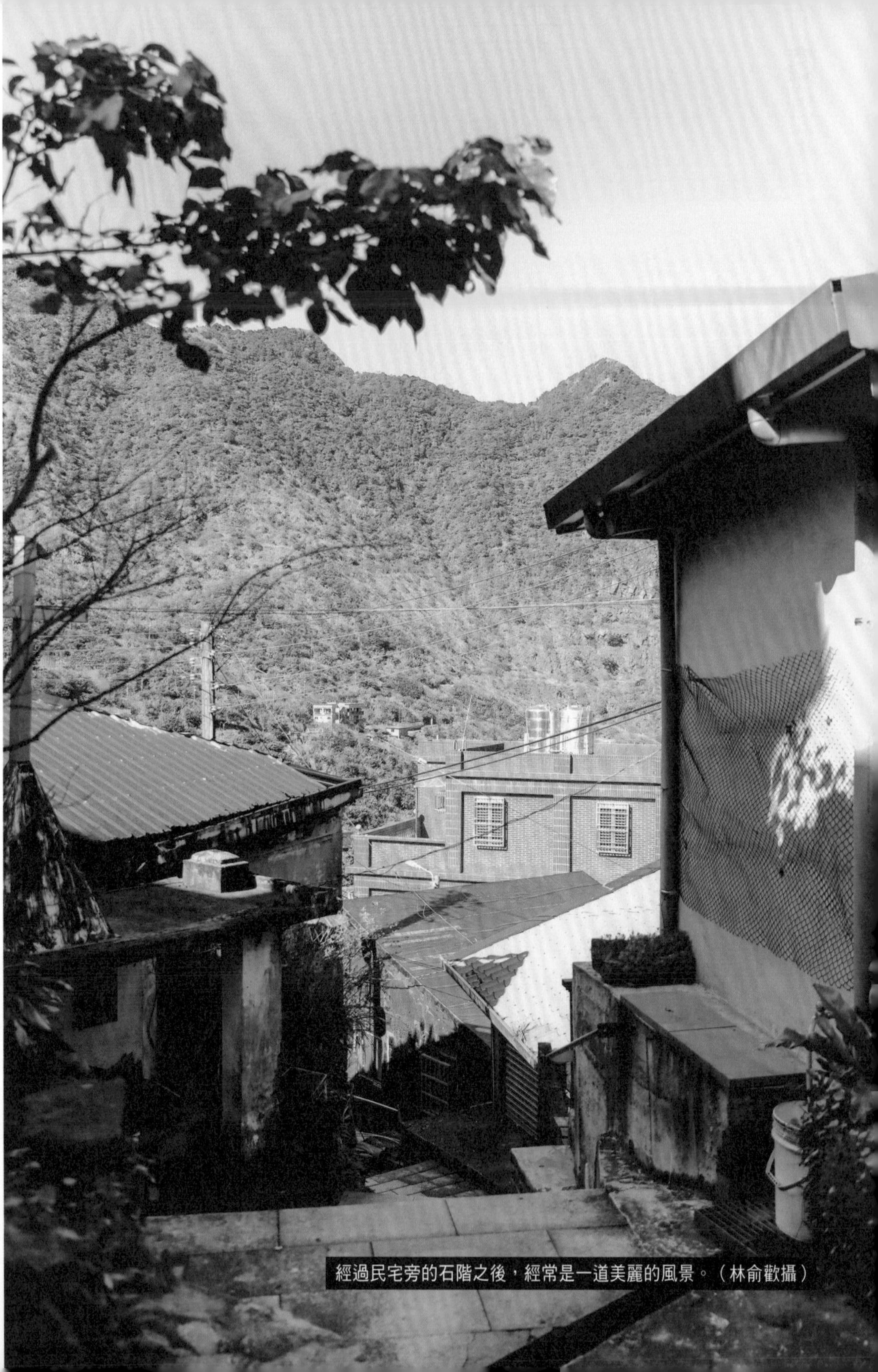

經過民宅旁的石階之後，經常是一道美麗的風景。（林俞歡攝）

最上層跨谷，專門運水的水圳橋，主要把溪水運到水湳洞的選煉廠。如果想一覽無遺地看見這形成一體的三層橋，只要到橋下的外九份溪仰望，就能清楚看見古樸優美的三層橋景致。

回到金瓜石，在石山站下車，走捷徑想趕快見到水圳橋，顧不得左腳踝還隱隱作痛，當下忽然有一種負傷去探望受傷的老朋友的感覺。

在遠處，就看到斷裂的周邊圍起「災害現場／禁止進入」的黃色封條，我忍著腳踝的不適，一跛一跛地慢慢走近，被踩斷的橋面就依附著生鏽的鋼筋懸掛在橋上，風一吹來就前後晃動，搖搖欲墜，像是一個已經滿身傷痕的人，又讓人從身上輪番踩踏，我想如果它有痛覺神經，那種疼痛一定是我腳踝扭傷的N倍。

聽我為水圳橋抱不平，朋友安慰說，畢竟是外來的遊客，大概還搞不清楚狀況。就算真是這樣，但旁邊明明就豎立著斗大「圳橋老舊請勿攀爬行走以免發生危險」的黃底紅字警示牌啊，既然如此，為什麼還要冒險攀爬、行走於橋上呢？

水圳橋不僅是市定古蹟，而且與人沒什麼距離，用手指輕撫橋身，能令人感受到其採礦歷史、溫度與歲月痕跡，它是遊客來金瓜石一道非看不可的風景，橫跨在山巒的兩端，存在於天地之間，三層橋值得更好的疼惜與守護。

Ⅲ、斜坡索道

與故鄉重新接上線的這幾年，我常聽到耆老鄭春山提及「把路找回來」，他口裡的「路」，是金瓜石昔日因採礦而建設先進的運輸設備，在金瓜石礦業蕭條後，這些路徑也隨之毀壞，被掩沒在荒煙蔓草中，鄭春山與其他長輩面對這些記憶的消失，決定把自己記憶中的路找回來。

從金瓜石六坑斜坡道至水湳洞停車場，這段昔日的礦山運輸物資與人力的路線，是在地居民心心念念期盼恢復的路徑，雖然眼看目前訴求短期內無法達成，長者們仍以行動表示不放棄的堅持，除草整路，清除崩塌的土石，展現原有路跡，盼待來日願望能落實，恢復地面纜車行駛及原有礦業運輸路徑。鄭春山感激長者張阿輝、陳石成、林政雄，以及青壯世代蕭瀟雨、吳麗君、林文清等社區人士為把路找回來共襄盛舉，也感謝臺灣城鄉特色發展協會理事長許主冠的支持，此外，現在更有金水合作社的連城珍理事主席與林欽隆總經理等一群愛金瓜石的人共同努力。

二〇二〇年，我有機會與鄉親們一起清理出過去的臺車道，前往一窺其貌，途中還行經電影《無言的山丘》拍攝地景，好天氣時，那邊的視野與景致更是超級美麗。跟隨幾位老歲人的步伐，看著他們時而動手清理兩旁的雜草，時而停步跟我們說明沿路的殘跡歷史，眼中那種把路找回來的堅定光采，深深撼動著我。

地面臺車的復駛是聚落居民的心願，金瓜石、水湳洞礦區幾代人在環境險惡的礦坑賣命，身為礦山兒女的我雖未生長在那個艱困的年代，卻也多次從長輩、耆老的口中曉得他們的心願：把路找回來。

有一回，淘金達人陳石成與大家一起去六坑斜坡索道除草，後來鄭春山才知道他重感冒，為減少陳石成的工作量，鄭春山搶在他前頭除草，沒想到當天回家自己腰痠背痛。

鄭春山說那次在除草整路偶遇竹雞家族在斜坡索道覓食，大雞帶小雞的幸福模樣，也在無極索道路段遇到青蛙跳躍，還看見螃蟹在隧道水溝爬行，他問我如此豐富的生態環境，像遭受嚴重的金屬汙染嗎？我們一老一少相視而笑。

離開黃金博物館往下走，繼繼走向另一個旅程。（林俞歡攝）

延伸的木棧道，等在前方的是什麼樣的風景？（林俞歡攝）

把路找回來是一個溫馨、幸福的起心動念，有許多條路皆在安靜地等遊子、在地人與旅者認識，看到七、八十歲的耆老走在小時候曾踏過的石階上，假若能讓大家重新走一次，對我們來說皆會是很感動的事。同樣的路對每一位曾走過或初來乍到者的意義不一樣，曾有人看到年輕時在六坑工作的老人家，有機會再走過以前上班的那條路，當下的激動，直截了當表達的情緒讓人為之動容。也有長輩直白地說，「早期礦山人沒有土地權，當時土地歸國家所有，後來土地權屬於財團，直至二〇一七年，在地人買了臺糖釋出的土地，卻礙於法規，無法建造自己的房子。」一聽到這些聲音，難免感到無奈，但所幸好山好水是療癒人心的良藥，金色陽光兜頭灑下，一掃心上的陰霾。

有些路曾因應時代的需要存在過，水圳橋、斜坡索道，以及其他我不知名的路，都曾為土地效力，如今事過境遷，我們究竟該以怎麼樣的智慧，重新把路找回來？

林俞歡攝

輯二　慢遊

開往慢城的巴士

每次轉搭巴士回故鄉，宛若乘著時光機重返一九八三年十一月，那是大人帶我搬離金瓜石的年代，彼時，我還不到十歲，當下弟妹都還很小，在幾個孩子裡，說起對家鄉的印象，我應該是最深刻的一個了。有一段時間搭巴士對我而言產生了矛盾，那是期待裡參雜害怕的情緒，出發回鄉之際，總喜悅地搭上車，預備投奔山與海的膀臂。離開家後，坐在巴士內則雙眼矇矓，隔著車窗揮別起伏的山巒，一種甜蜜中滲著些微酸澀的鄉愁。

不確定是否年紀愈大愈容易想起以前住在金瓜石的陳年舊事，二〇一九年五月出版《金色聚落——記金瓜石的榮枯》故鄉散文集之後，許多的朋友重新認識金瓜石，也才知曉原來它與九份是兩個不同的地方，這應該能說得上是我寫作這一本原鄉之書最大的欣慰。

通常回金瓜石，我泰半在府中捷運站附近搭乘臺北客運九六五路線。車子行經西門町、萬華、北門。然後駛上高速公路，沿途從瑞芳、九份，一路直達金瓜石。大部分的時候，一旦客運開入山區，我習慣讓描述聚落的音樂陪伴我，播放最多的是〈青簿仔寮的夢〉，再來是〈黃昏的故鄉〉。

下車之後，關掉音樂，收起耳機。走往老宅的方向，不遠處傳來刷過不久的瀝青氣味，告訴我，家已經到了。這裡是一座慢城，它有很大的一個特色就是「悠緩」，悠閒與緩慢，具有修補（修復補充），醫治（醫病治傷）的功能。在城市的職場拚搏，有時難免會去對抗一些不公義的事情，不管是執戟戕人或被打得鼻青臉腫的兩敗俱傷，此時我非常需要回到家，讓自己能療傷止痛直到傷口癒合，然後再一次出發去打拚，這個家所在的地方就是金瓜石。

回到童年時住的所在去尋根，進一步溯本追源，想與這片土地更親近，時間足夠的話我就沿路散步到水圳橋，那裡是舊昔的「青簿仔寮」，聽說是當年最貧窮的地區，也是阿公與阿嬤、母親跟阿姨最早在聚落落腳居住的地方，我在此佇足，透過想像，彷彿那樣就能望見母親的童年與她的少女時代。

金瓜石是我人生的出發地，記憶從金瓜石五號路老家開始，我的父母從我小時候就在外地工作，幾個孩子由阿公與阿嬤照顧長大，現在想起來恍然明白那是一份三代同堂的祝福，我在金瓜石的童年是生命中的好時光。

當巴士開抵朦朧的金瓜石車站，家就到了。（呂銘紘攝）

站在陽光下，用手輕撫著等待整建的老家。（林俞歡攝）

小時候，老家的周圍，皆是我的遊樂場。（林俞歡攝）

在寫作故鄉散文集的初期，經常必須從臺北到金瓜石的往返，不管是一早搭火車到瑞芳，再轉客運上金瓜石，還是直接從臺北或板橋搭直達車回來，一般的通車時間都要一個半小時左右，三不五時採訪、探勘地景、拍照到天色已經晚了，而隔天還有行程，雲山水小築民宿的主人二姐就會建議我留下來住一晚，翌日吃過早餐後工作完再回臺北，時間上不用這麼趕。有時知道我還沒吃晚餐，二姐會幫我跟同行的朋友煮一碗麵，每次我都請她不用麻煩，她總是說不會，簡單煮個麵而已。

對比學生時期返鄉的交通不便，除了輾轉的換車過程，外加漫長的候車時間，與現在一班車就能直抵金瓜石的便捷，回家已是一件十分幸福的事。以前礙於爭取時間，好不容易擠上車，希望從瑞芳到九份千萬不要堵車之外，還得默禱司機的駕駛技術高超，否則沒座位可坐，站到兩腿發痠不打緊，那蜿蜒的山路，只要突如其來的緊急煞車，便會讓人感到頭上滿天星，胃部一陣翻攪作嘔。我想到小時候，回娘家的阿姨必須搭客運翻山越嶺才能回到家，然後當天黃昏或吃過晚餐再按同樣的路線趕回夫家，她絲毫不以為苦，我不禁佩服阿姨的通勤功力，年歲漸長，我才曉得返家跟親人團聚是她的治暈良方。那年代，返鄉是一件千辛萬苦卻苦盡甘來的事。

如今，我不僅免去轉車的麻煩，更能在車上小睡片刻，醒來，通常車子都已到瑞芳或近九份，縱使偶爾我也會嘀咕：都已經到了九份，多數的乘客都下車了，我卻還要再往更山裡去，回家的路怎那麼迢遙？但只要一下子，看見陽光照耀下的無耳茶壺山，那些舟車勞頓早已無所謂。

記得前一本書要進印刷廠前，我專程回來補拍一張古早味照片，來到茶壺山小吃，向店家表明來意，請他們幫我準備一碗滷肉汁飯讓我拍照。完工後，我準備結帳，店家說因為只是拍照，所以免費，雙方堅持不下，我只得改說要將那碗飯外帶，老闆又說沒加肉燥不用收那麼多錢，我堅持一塊錢都不能少，店家想招待我這位遊子，而我想照顧店家的生意。如此一來一往的盛情，讓我銘記於心。

童年臥房的窗戶，如今豢養著無以名狀的鄉愁。（林俞歡攝）

在《金色聚落——記金瓜石的榮枯》散文集中有很多珍貴的老照片，畫面是許多老金瓜石人好懷念的過往，這些老照片幾乎都是在地耆老鄭春山所贊助。我一直記得散文集出版後，就在二〇一九年五月二十二日下午，我送書回金瓜石，當把書交到耆老的府上，春山叔接過書打開，發現書沒簽名，問說怎麼沒簽名，要簽一下才知道是誰送的啊。我不好意思地頷首，取出筆，客氣地請教說要寫「春山老師」或「春山叔」？他親切地說寫「阿叔」就好，這樣比較親切。簽好了名字，春山叔翻閱書裡的文字跟照片，春山嬸也坐在一旁陪伴我們，話鋒一轉，春山叔說有看過我的第一本書，我尷尬地笑說那本寫得不夠好，春山嬸鼓勵我說，「沒關係，你會愈寫愈好的。」我在一旁向他們道謝，也特別向春山叔致歉，因沒有多餘的預算，所以無法付照片的使用費給他，同時由衷感謝他的諒解。

春山叔和藹地說：「毋免！這些相片別人都在用了，甭講咱是家己人。」當時在我內心是滿滿的感恩，也帶著些許激動，「家己人」這三個字讓我覺得自己是真正土生土長的「金瓜石囡仔」，不管搬離故鄉多久，依舊承蒙家裡長輩的愛護，就像幼時聽到阿公阿嬤在喊，「好來呷飯啊！」那般親切。正是這些鼓勵著我的鄉土真情，成就出《金色聚落——記金瓜石的榮枯》，而我在乎的是「金瓜石」這座慢城能被更多地看見，被更深地珍愛，於是繼而寫出了這本《舒旅金瓜石》散文集，屬於故鄉的慢遊文學。

巴士抵達童年的金瓜石車站，我悠閒且緩慢地下車，行經三毛菊次郎宅。八角亭遺跡。酒保口舊址。穿越金水公路。走過大埕，那塊榕樹旁的空地，彷佛重現過往我們幾個孩童蹲著打彈珠的活潑身影，與彈珠撞擊開來的清亮響聲。

我的家，五號路門牌近在眼前，耳邊傳來左鄰右舍三代同堂的歡樂，笑語如花，此起彼落。

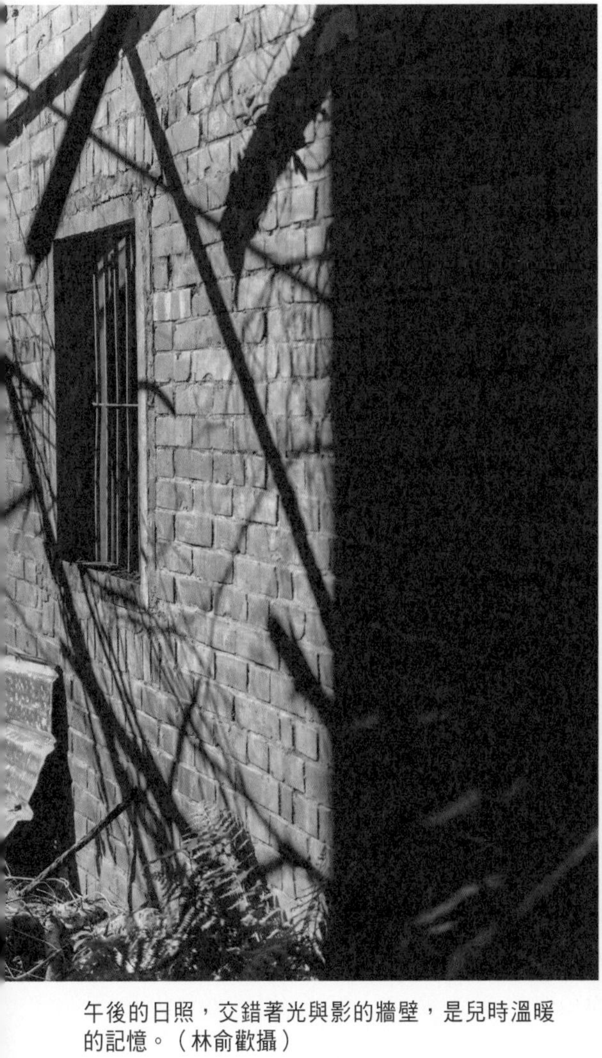

午後的日照，交錯著光與影的牆壁，是兒時溫暖的記憶。（林俞歡攝）

石牆上的樹影，記憶中的亮光。（林俞歡攝）

銀座物語

有朋友問我在金瓜石逛完黃金博物館後，還可以到哪裡去玩？去祈堂路，也是現在人說的金瓜石老街或祈堂老街走走吧，起碼這裡應該多少還能看見早年的痕跡，我說。

祈堂路是以前的金瓜石老街，又被喚為祈堂老街或祈堂腳，在淘金年代這裡更有「銀座」的美稱（正巧金瓜石也產銀）。銀座？對！不用懷疑，就是在日本東京那個你與我都曉得，非常繁榮的銀座。

據聞銀座的名稱由來是三百多年前德川幕府初興時，德川家康在東京大鑄金銀，把鑄銀幣的地方取名銀座。長一千一百公尺，寬七百公尺的銀座，結合現代與傳統風格，在一九二三年東京大地震後，許多知名專賣店與百貨公司陸續進駐，變成全日本超級時尚的娛樂區。尤其週末，銀座中央還被劃成行人專用道，禁止車輛駛入，人們可在路上自由活動，瀏覽商店櫥窗，市集氛圍簡直像極當年的金瓜石老街。

祈堂路之所以有銀座之稱，是由於當年採礦盛行時，祈堂路兩旁銀樓、冰果室、布莊、雜貨店、酒家、理髮店與撞球間等商家林立，還有許多來自各地的攤販，一條說長不長說短不短的祈堂路被人潮給點綴得晝夜人聲鼎沸，燈火通明，熱鬧景象不輸日本的銀座。

那麼，現在呢？現在它與銀座一樣有著時髦跟舊昔的風情，只是因為如今已經不採礦，加上人口大量外移，所以老街沒有往日的喧騰，而改以另一種形貌存在聚落中，內斂且靜謐。假若走進祈堂路，學不會放緩腳步，專心聽它訴說自己的身世，一定會與它的美好時光擦肩而過，包括隱藏在其間的白帶魚米粉湯、阿

人去樓空的民宅，難以想像過往兩旁商號林立的盛年。（林俞歡攝）

停佇在過往熱鬧的街道，看著依山勢而建，層層疊疊的房屋，那些過往繁華，如夢似真。（林俞歡攝）

嬤的廚房等古早味。只是吃到這些美食前，大都得爬經長長的石階；但你千萬別輕看或抱怨轉角、巷弄那一階接著一階的石梯，這些不知通往何處的石階，常會讓人有意想不到的驚奇。

從金瓜石郵局前的階梯走到金城武拍攝《太平輪：亂世浮生》的和服路，如果想一睹當年天主堂的建築，建議你可以到和服路旁的金漫會館喝杯超讚的咖啡，聽管家介紹會館的前身，相信你會有想在此留宿一晚的感動。

銜接和服路，講得再準確些，和服路下方就是祈堂路，迎面撲鼻而至的淡雅花香，正是博學多聞的耆老鄭春山的住家，不好意思打擾他午眠，我刻意放輕步伐經過。

如果夠仔細，我們應該能瞥見那寫著古老記憶的斑剝門窗，聽到唱著滄桑歷史的孱弱溪流。

記得有一回陽光正好的午後，W跟他的學姐到東北角散心，誤打誤撞開車來到了金瓜石，結果手機導航不小心帶迷了路，知道我回鄉，W傳給我當下所在地的照片，很巧地我剛好在附近，趕忙步出戶外尋找兩人的身影，他們大概位在我一點鐘方向，我朝W大喊：「嘿！我在這裡！」三人見了面，W說這邊實在太偏遠，剛才一路走來，看見好多廢墟，他都不確定該不該繼續往下走，還好遇見我。看著他有點受到驚嚇的表情，我其實有點難過，這一條老街以前榮景可比銀座，現今淪落至此，讓人情何以堪？

所幸這幾年有許多喜歡金瓜石的人跟返鄉發展地方的遊子，相繼回到這片土地來，以往聚落的商業命脈祈堂路自是深受重視。

行經黃金博物館的小橋流水，不遠的前方就是 cafe & me 紅磚咖啡屋，老闆鄭景昇是性情中人，寫了一手了得的古詩，營業時間與當日營業與否，端看他的心情而定，所以如果專程前往卻碰上店休，也無須失望，隨遇而安再找別家咖啡店無妨。

走過火紅卻有兩極評價，兩旁扶手被漆上彩虹的階梯，這邊是近年相當受遊客與網友寵愛的拍照打卡景點，心情低迷時不妨來走一趟，紅橙黃綠藍靛紫七種色彩繽紛，兼具散心與健行的雙贏效果，哪怕再厚重的烏雲，都得識相地先從眼前退散。往下是往金瓜石文化館的方向，抵達文化館之前，會先看到一個小停車場，我個人覺得那裡是欣賞油毛氈黑屋頂的最佳位置，一整片的黑屋頂，讓人遙想古早多雨的聚落歲月。

金瓜石文化館是藏有聚落豐富故事的地方，光是館內那數十座復刻早期礦山的模型，加上專人導覽，彷彿帶遊客重回現場，就足以值回票價，如果想沾點礦山的氣味，我會私心推薦你可以帶一組（大小各一個）經濟實惠的富礦袋當紀念品或伴手禮，送人自用兩相宜。

離開文化館往下走，行經石橋流水，以前來到阿嬤的柑仔店，都能買到一袋彈珠、一顆陀螺、一包麵茶

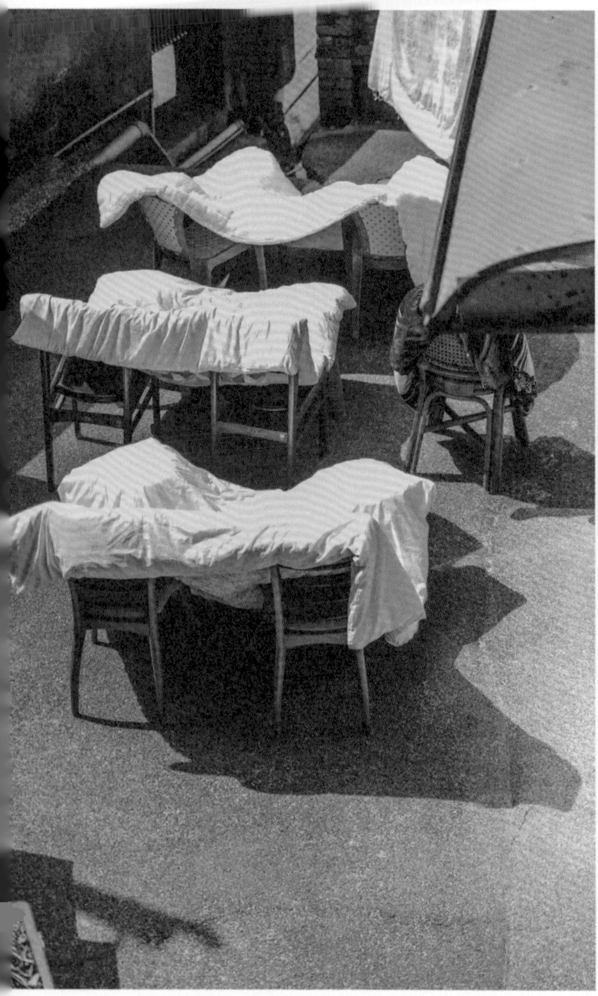

吸飽日曬氣息的棉被，夜晚入眠時，給人充滿陽光的能量。（林俞歡攝）

沿著石階往上走，散散步咖啡就在眼前。（林俞歡攝）

或一瓶彈珠汽水，感受濃厚的古早；但近來阿嬤身體微恙，柑仔店已鮮少營業，甚至聽說已歇業。

位於柑仔店斜對角是祈堂小巷咖啡民宿，若有住宿，當天咖啡店就沒營業。再往上走是販售美味雞湯定食的迷迷路食堂，雞肉吃不完沒關係，老闆自製的XO醬拌紅藜麵線一定要吃光。用完午餐後，可以沿著石階往上走到標榜手沖的散散步咖啡（昔日的金德發商店）。喝過咖啡再往下走一小段路是時雨中學的操場（昔日的銅加工廠），看見渾身活力在場上跑步、打球的青春身影，覺得聚落和臺灣的未來充滿了希望。

走出散散步咖啡，在它的右手邊，是在地人簡盛隆的老宅，這裡以前是販賣各種蔬果、魚、冰品、肉類等雜貨的商鋪。門口的珠簾立刻讓我想到童年老家從客廳通往臥房也有類似的珠簾。屋裡陳列許多早期的文物，包括現今罕見的爐灶、梁杆、天花板，蒸籠，以及其上印有早年「德」的商標等瓷盤，充滿濃厚古早風，再往裡走有一個視野不錯的陽臺。離開簡盛隆的老宅，旁邊拉下鐵捲門的是舊昔診所，阿嬤還帶我去那裡看過醫生。

對了，差點忘了說，祈堂路也是許多戲劇的拍攝地點，像是二〇一六年，由賴雅妍、黃遠與王大陸主演的電影《一萬公里的約定》、二〇一七年，由李李仁主演的 Lexus 微電影《影藏》等都在這裡取景。

我也曾在這裡巧遇音樂人丁曉雯與林垂立，他們都是深受金瓜石純樸與風情的感召而來。

厲害吧，一條不像九份老街的金瓜石老街，卻能深獲這麼多劇組與文人雅士的青睞，身為金瓜石女兒的我引以為榮。

初來乍到的遊客，不管你置身在祈堂路的哪個角落，只要用心體驗，一定會聽到它的歡迎，「您好！這裡是祈堂路，祈堂腳是在地人對此處的暱稱。初次見面，請多指教。」

食桌

食物是一種表現人與土地之間連結的媒介，甚至我們可以透過食材的原貌到它成為料理這個過程去了解掌廚者與當地的故事。很多人都覺得金瓜石是一個非常適合旅遊與度假的地方，可惜能夠吃東西的地方實在太少。

每次聽到這樣的說法，我總要替故鄉抱不平，除了金光路上的礦工食堂、全家便利超商、五號寮小吃、茶壺山小吃等周邊餐廳外，其實這裡還有許多隱藏在山中的美食與餐廳，等待人們去造訪，如此又怎麼會讓人餓肚子？以緩慢金瓜石民宿為例，只要遊客提前預訂，無論是早餐、中餐、下午茶與晚餐，皆能前往享用美味。

好，不囉嗦，現在就跟我一起出發，一探這些美食祕境，喔，對了，如果你擔心撲空或想知道營業內容，也可以先打電話詢問，這樣就可以避免白跑一趟。

I、雲山水風味餐

假若來金瓜石，你想品嘗隱藏版的料理，那麼，建議你來雲山水吃一頓風味餐，這裡被我列為隱藏版中的隱藏版家常菜。

個人覺得主廚二姐的手藝了得，專業級的廚房更讓我大開眼界，她料理出來的食物總能抓住客人的胃。

雲山水風味餐以在地新鮮食材，不油膩，讓客人吃得健康為主。有時只是簡單的食材，但到了二姐的手上，都能煮出一桌美味的料理，例如：馬告剝皮辣椒雞湯。各種配菜是二姐的拿手絕活，她總是說：「自己做的只是一般家常料理，東西新鮮就好吃。」一句平常的話，裡頭包裹著精湛的料理智慧。

例如紅麴豬腳，使用在地人做的爽口紅麴（豬腳受到許多客人的喜歡），先將豬腳炒冰糖成醬油色，再透過紅麴去滷，等油亮的豬腳滷得軟爛有Q度，加入葡萄酒，使豬腳香濃，燉出來會發現好吃，礦山人覺得吃豬腳是一種福氣，老人家尤其喜歡，漂亮出菜後，美味到足以讓人多吃幾碗飯。

另外一道鹹蛋小卷，先將鹹蛋放入鍋內炒過，炒出它的味道來，再加進小卷。營養價值高，有種特別香味的珍珠菜，它的名稱是因開花時像一串白亮的珍珠，又被當地人稱為「角菜」，珍珠菜本身就好吃，再爆一點香感覺更油嫩，清炒或煮湯都可口，獨特的鹹蛋小卷，吃在嘴裡Q彈有嚼勁。

雲山水風味餐的老闆二姐有一手好廚藝。（林俞歡攝）

無菜單料理是山中的隱藏版美味。（林俞歡攝）

雲山水風味餐採無菜單式的料理，必須預約訂餐，二姐廚房裡煮出什麼菜，客人就吃什麼菜（當然如果有什麼不吃的食物，或想吃比較重口味的也可以事先告知），雖然沒有提供客人點菜的服務，倒也不會讓客人失望。

記得一個傍晚，我帶了一位從臺北來的朋友去找二姐，她煮了芋頭米粉招待我們，那食物的美味，嘴刁的朋友至今念念不忘。

我代替朋友請教二姐煮芋頭米粉的祕訣，她謙虛地說其實沒什麼訣竅，她只是先把芋頭炸過，爆香，一半芋頭熬出濃濃香味，讓芋頭融入湯頭再加完整的炸芋頭即可。即便二姐說得如此輕而易舉，但一樣的食材與步驟，她的料理還是比朋友端上桌的好吃。

而我個人推薦吃過的新鮮炸鯖魚，珍珠菜魩仔魚湯、汆燙小卷，清淡，不複雜的料理方式，就能吃到小卷本身的原汁原味。

Ⅱ、白帶魚米粉湯

從祈堂路的彩虹手扶欄杆石階往上步行一小段路，就會走到金瓜石知名的白帶魚米粉湯。

中午吃飯時間，登山客不少，店內與店外皆座無虛席，我跟隨隊伍，排隊等了一刻鐘，被安排坐在店內角落的位子。平常只有老闆娘一人張羅，假日連老闆也一起出動接待遊客，兩人忙裡忙外分身乏術。

有很多人都是衝著吃白帶魚米粉湯來的，這道菜是店家的招牌，湯裡還加了芋頭。

記得有一年跟家人返鄉來這裡用餐，我們各自點了招牌白帶魚米粉湯，再合點一份炸透抽，對芋頭情有獨鍾的母親稱讚這裡的芋頭吃起來口感鬆軟，湯頭鮮甜。阿姨覺得白帶魚新鮮，我跟妹妹則喜歡米粉，與一般常吃到的細米粉不同，店內使用粗的米粉，我們吃得不亦樂乎。

這一次我獨自前來用餐，在排隊時就聽到有幾位想單點整份白帶魚的客人，老闆微笑禮貌性婉拒，客人不解問原因，老闆才解釋自家的招牌是白帶魚米粉湯，如果單賣白帶魚，同樣是賺錢沒錯，但白帶魚賣完了，只能做芋頭米粉湯，對其他專程來吃白帶魚米粉湯的客人無法交代。

在等菜上桌的空檔，總覺得店裡跟之前來的時候有些不同，仔細回憶才發現原先在牆壁上的漂流木裝置不見了，取而代之的是平滑的木板，空間變得明亮，但沒了之前的古早味，覺得有點不習慣。

老闆娘幫我送上白帶魚芋頭米粉湯，我用湯匙舀起一瓢湯，稍微吹涼才喝入口，湯頭美味依舊，芋頭鬆軟如昔，只是白帶魚讓我吃得謹慎，邊吃邊挑出魚刺，避免不小心被魚刺鯁到。

「老闆，我們要單點一份炸透抽。」坐在我隔壁桌的男孩向老闆招手，見老闆在外頭忙著送餐，老闆娘趕忙迎了過去，「要米粉湯嗎？」男孩回答不用，說他們只要透抽。老闆娘點頭說好，然後補上

招牌白帶魚米粉湯與隱藏版的炸透抽。（呂銘紘攝）

座無虛席的白帶魚米粉湯用餐情景。（呂銘紘攝）

一句：「你們很內行，事先有做功課哦，知道要點透抽。」女孩遞給男孩一朵燦笑，像是獎勵他的用心。

透抽確實是店家隱藏版的祕密武器，老闆提供炸透抽與汆燙透抽，新鮮的透抽不管怎麼料理都好吃，吃過的客人臉上皆流露出滿足的笑容。

Ⅲ、阿嬤的廚房

晴朗的假期，妹妹與三位朋友一起上山來，我帶他們爬了一大段山路，大夥的肚子都唱起空城計，朋友說我們人多，不知金瓜石有沒有可以吃合菜的餐廳，當時我們正好在祈堂路上，瞬間，我的腦海浮現位於白帶魚米粉湯隔壁，有超過六十年廚藝在地古早味阿嬤的廚房，我決定帶大家到那裡午餐。

距離中午還有半小時的時間，我們挑了個靠窗，可以享受清風拂來的圓桌位子坐下，才剛坐下，就有一位年輕的女服務員走過來，熱心地問我們要不要換比較大桌的座位；但我們大家都想邊用餐邊看山景風光，另一方面想說適逢連假，等下會湧進大量遊客來用餐，不要多占座位，於是婉拒。

炸豆皮，包著芋頭的雞捲。（呂銘紘攝）

以海鮮為基底，物超所值的什錦海鮮湯麵。（呂銘紘攝）

大家第一次來到阿嬤的廚房，都不知該點什麼好，我請店家推薦幾樣道地的招牌菜，店員微笑地推薦阿嬤的拿手菜，也介紹店裡有販售純手工自製的芋圓、青草茶與鮮果汁等冷飲。

炒透抽、炸豆皮包著芋頭的雞捲、以海鮮為主的什錦湯麵、炒山茼蒿與炒菠菜陸續上桌，好吃到我們一口接一口，直到清空桌上的盤子。

店家多樣化的好手藝果然沒讓我們失望，朋友說下次再度來到美麗的山城，一定會再來吃個過癮。

Ⅳ、食不厭

山上起霧，又下起了雨，我與L抵達食不厭餐廳的時候，大概傍晚四點半，外面已有兩組客人在候位。門口懸掛著「午仔魚一夜干專賣」的食不厭，在網路上有金瓜石隱藏版美食之稱，餐廳只能現場候位，不接受預約訂位。五點整，店員準時開門迎接客人入座。一進門，兩桌靠窗邊的座位已坐了人，我選了靠近吧檯的位子坐下。店員提醒我們菜單就在牆上，決定好直接到櫃檯點餐即可。

菜單剛好就在我座位後面牆壁的木頭上，我請比我懂吃的L點菜，我則瀏覽內部空間，木片編織的天花板、石頭牆、漂流木的擺設，頗有日本深夜食堂的氛圍。

客人走到我前面看著牆上的菜單點餐，L坐在我對面，我一時間有種好像即將被大家看著吃飯的不自在感。我跟大清早就去爬基隆山走東峰的L說多點幾道菜補充體力。他說我應該嘗一下這裡的小卷，於是加點了很臺的薑片小卷。

陸續上桌的有焗烤番茄麵包、午魚一夜干、貓飯、每日時蔬（高麗菜）、鐵鍋牛肋條，還有加點的很臺

店門外掛著「午仔魚一夜干專賣」的食不厭餐廳。（呂銘紘攝）

充滿嚼勁的鐵鍋牛肋條。（呂銘紘攝）

麵包酥脆，番茄鮮甜的焗烤番茄麵包。（呂銘紘攝）

的薑片小卷。我拿起木盤上的焗烤番茄麵包咬了一口，那滋味真是好極了，麵包香脆，橄欖與番茄味道鮮甜。白飯加上柴魚片與醬油的貓飯，以及午魚一夜干也很美味，我吃到魚的部分幾乎沒什麼刺，L笑說魚骨頭跟刺的部分都在他那邊，我說抱歉呀，不小心拿到了比較沒刺的部分。除了魚的本身，我們也喜歡醃製得甘甜的白蘿蔔。

已不是第一次來食不厭的L，夾起鐵鍋裡的牛肉，咀嚼吞進肚子後，跟我說今天的牛肉味道跟之前來吃的時候不一樣，他想可能是換了廚師，後來問了店員，證明自己的猜測沒錯。

我十分謝謝L加點的那一道叫做很臺的薑片小卷，爆香的薑片，我連吃好幾片，口感不輸洋芋薯片。L說這道料理是「用薑片去煸出小卷的美味。」我很同意這樣的形容。

陸續又進來了幾位客人，買完單，我們打著傘離開。夜雨，繼續落，而食不厭店內的用餐氣氛正熱著。

真的很臺的薑片小卷。（呂銘紘攝）

散散步

坐落於金瓜石祈堂路一七二號的散散步咖啡，那多角形的典雅風味暨兩層樓建築是非常具特色的建築，也是五〇年代聚落中最早的小洋樓，於流動的時光中安靜地佇立，吸引著旅人的目光。以老窗、老衣櫃設計成的吧檯，再搭配檯燈、小磁磚、窗櫺等古老裝飾，整個空間像沉浸在舊時間的光暈中。

坐在面對祈堂老街的窗前，點一杯葡萄乾蜜處理的哥斯大黎加音樂家莫札特手沖黑咖啡，搭配酥甜而不膩的阿爾薩斯蘋果塔，或者，來一壺慢慢熬水果茶搭配清爽的檸檬塔，聆聽這幢近百年老屋見證著金瓜石的榮枯，即便有一種昨是今非的欷歔，但看到屋外在門口埕納涼的老人、幾隻互相追逐嬉戲的貓，心裡依舊感動著聚落堅強的生命力。

二樓的民宿擺設全為老舊家具改造，牆面留著炸山洞的火藥箱拆下來修補房舍的木板。過去這裡為聚落遠近馳名，生意十分興隆的「金德發商號」雜貨店，街坊鄰居皆稱它做「新店仔」，當地居民平時採買和辦年貨都在這裡。

小時候聽大人說以前店家每天都要搭公車去基隆，採購貨品運回金瓜石，平時補貨三、四百斤的量，萬一遇到逢年過節更高達六、七百斤，過年前還得提早一天晚上夜宿基隆，否則擔心來不及供貨給客人。

這裡也曾是日本礦業公司的日本幹部宿舍，經過二次世界大戰，由臺灣金屬礦業公司接手，空間結構除

散散步咖啡的建築是當年在地的第一棟兩層樓房屋。（呂銘紘攝）

了有日式木質的溫潤，也具臺式日常的懷舊，再往裡走，會看到古早時陣旋轉式的電視，還有一個已經停止轉動的老鐘，宛若提醒旅者放慢步伐，讓美好人事停格。

散散步咖啡的老闆馬丁在二〇一三年接觸這間老屋，當時屋主去找馬丁聊天，跟他說想出租房子，當時他沒立刻答應，是因為這房子的屋況是他見過最糟糕的一間，雖然非室內設計師出身，但自己擅長整修老房子，通常整修一間老屋大概半年左右，但散散步卻讓他耗費差不多一年的時間，而且是一邊拆一邊倒，幾乎完全無法動工，水泥磚造的建築，旁邊連著一排長長的木板屋，屋頂原先是油毛氈，馬丁復刻黑屋頂，讓人看見過去房舍的樣貌。會決定整建這棟小洋樓是因它背後的歷史與故事，透過想像老房子該有的樣貌進行工程，經過翻修，他保留內部原木結構的天花板，也維持老屋原本的木地板。

窗前與吧檯前的座位十分受顧客的青睞。（林俞歡攝）

馬丁接手這間老屋時，房舍本身不具備建築的美感，其實沒保留價值，他有平面設計的經驗，對建構美感並不陌生，操作這樣的空間，首先考量的就是光影，只能完全靠想像走出自己的風格，無法預想能朝哪個方向做，拆這間屋況糟透了的破房子，將能保留的先留下，再去想怎麼處理。

吧檯的區域早年無窗戶，女兒牆的部分一般人不會去拆，但馬丁考量到光影從那邊進來，只能在吧檯上面做窗，那原來是兩扇紗門，馬丁把它們倒過來變成橫式的窗戶。

坐在散散步裡，四處可見光影的美麗變化，馬丁在許多內部做鋼構補強，用衣櫥、床頭櫃，拿殘留的舊家具，其他則運用鐵件跟玻璃，做吧檯與廚房的素材，再以臺灣檜木做水槽，吧檯下有塊舊木頭，那是以前衣櫥的側門，可見木頭的深淺變化，依舊維持著古老的原貌。

我問馬丁為什麼來金瓜石開咖啡店，他說那是並非事先計畫的偶然，有點像他的設計非常隨機，撿到什麼素材，再參考線條與色彩等造形特有的感覺，去盡量使用建材原本的顏色，咖啡店也在這樣無心插柳的情況下誕生。

室內有七〇年代的牛角椅，或用餐的豎琴椅，圓柱上用停產的「丁掛磚」拼貼，地面與牆壁的光影以及幾何形成和諧的狀況，地面由不同木板組合的原因是由於木板不斷地換，壞了就得換，久了變成一種趣味，是自己之前未曾預期的。許多遊客走進散散步的空間會有一種穩定、不突兀的印象，那是由於咖啡色與大地色系帶給人的安定感。

雖然馬丁會畫圖，但卻不喜歡在咖啡店內掛畫，對他而言，畫作不只是裝飾，而是畫者內心的體現，因此不適合當成裝飾。

他會使用色彩材質，自然、斑駁、龜裂，曾有過汙漬、修補，各有它的歷史與故事感。「懷舊，老雜貨店，重生。」以拼貼為散散步空間的設計理念，沒有所謂義正詞嚴的風格。

他坦言過去在繪圖時，喜歡超現實主義，把非常突兀的物件，放在一個非常和諧的空間裡，例如白色的櫃子、長椅是跟以前的診所換來的。他刻意在咖啡店內的一個角落放一個古早賣冰用的鈴鐺，試圖透過戲劇張力去營造空間，像在放鈴鐺的那面牆上的櫃子，他把唱片放上層，玻璃杯擺下層，希望面對不同的視覺，如此拍攝時會呈現光線的折射，十分有節奏感。

來了散散步，跟馬丁聊過後，才曉得他之所以開在金瓜石，到後來出現散散步這個店名，一直沒招牌全是誤打誤撞。「沒有招牌是不斷想換店名，擔心做了招牌以後就不能換店名，我對視覺要求很高，把空間當設計的延伸，雖不完美，但能滿足在創作上的欲望。經營咖啡店是希望自己設計的空間能被看見。」馬丁說。

關於這間老房子，一直專注於布置空間，沒想到它的功能性，也許因此讓散散步跟其他咖啡店不同，包括在服務上，只要有強烈個人色彩咖啡店或餐廳走向的營運，馬丁都不要，就這樣經過一段陣痛期，客群、訂價、產品等都沒概念，因為整修老屋是他的專長，但想出整修完成的老屋能變成或做些什麼，卻不是他所擅長的，後來馬丁決定賣單品咖啡，也去學煮咖啡、做甜點。

許多朋友都笑馬丁傻，誰會大老遠從城市跑來山上喝單品咖啡？他不把金瓜石當觀光區，只把自己的靈魂與生命帶到聚落，也未曾想依附這裡去獲得些什麼，只單純把煮咖啡當成一種創作，自認不善與人溝通的馬丁，用介紹自己作品的方法，讓客人認識，形成自己的風格，也愈來愈多人知道散散步，打從一開始不打算做觀光客到來自各地的遊客都接待，久而久之，散散步咖啡的客人多來自認識馬丁的人，希望喜歡老屋

有人看出窗戶的前身是木質的門扉嗎？（林俞歡攝）

馬丁視空間為設計的延伸，圓柱上採用停產的「丁掛磚」拼貼。（林俞歡攝）

的人能來此感受他的用心。

剛開店時每個月營收一千多元，許多人告訴馬丁不應把店開在山上，以他的規格、能力，可以開在更吸引客人的地方；但他覺得這樣沒有不好，無須再做太大的改變。我問有遇到特別的客人嗎？他說散散步曾有四個月沒有客人，有一天忽然出現二十幾個人，問這裡是不是咖啡店，怎麼沒招牌？他煮咖啡給沒看過虹吸咖啡的客人喝，在這樣的空間，當下也不知道為什麼一杯咖啡會等一個小時，甚至等到大家都睡著了，但卻令人很想念那樣的感覺。

客人回去後，有人問馬丁可不可以預約到山上喝咖啡，馬丁說要來就打個電話，此後，就常有客人帶朋友來，名聲傳開，後來就正式成了咖啡店。

散散步最大的特色就是賣單品咖啡，遊客必須親自到山上來才喝得到，希望藉此培養出一群喜歡喝單品咖啡或散散步的支持者專程上山。

我的朋友就是慕名而來，這一次我們被安排坐在煮咖啡的吧檯座位，能直接看見老闆煮咖啡的過程。「好棒的座位喔！」朋友幸福微笑地說著。從磨豆到端上桌需要些許時間，也是一種等候的修養。

約莫一刻鐘左右，我們點的咖啡陸續送上桌。左邊是冰的，右邊是熱的，馬丁建議我們先從左邊的冰咖啡開始喝，然後再喝幾口右邊的熱咖啡。第一口喝進嘴裡沒什麼感覺，當喝下第二口，一股濃嗆感明顯在唇舌之間蔓延開來。等咖啡降溫之後再品嘗，已經沒有剛開始的濃嗆，出現的反倒變成一種乾淨的柔嗆感。完全冷卻之後再喝，迴盪在舌尖的是偏水果酸的餘韻，層次分明，豐富多變。

既然聊起咖啡，就好像不能缺少甜點，一般人喝咖啡好像都喜歡配甜點，但馬丁喝咖啡不配甜點，因他覺得會干擾咖啡的風味。

散散步咖啡店的甜點本來是馬丁跟在臺北開店的朋友購買，招牌是戚風蛋糕，一個蛋糕能切成十小片，客人感覺好吃，問他是自己做的嗎？馬丁聽了就決定自己學做甜點，在網路上看到一個阿爾薩斯蘋果塔的做法，走的是酸質高、甜度低，做法繁複，經過馬丁的改良，吃起來已跟原先學的完全不同，用楓糖、椰子油，變成新甜點，可以稱它「散散步蘋果塔」，後來又研發出不走華麗風的檸檬塔，希望能與老屋的風格搭得起來。

馬丁不藏私地與我分享散散步蘋果塔的做法。蘋果塔餅皮是用餅乾皮，口感偏脆，塔皮中添加玉米粉，脆感明顯，像餅乾一樣吃起來脆脆的，把塔皮做得較薄，咬下的硬度接近會有吃薄餅乾的感覺，即便放較長的時間也可保鮮，不用冰起來，做好把它疊在一起並不會潮掉。

蘋果用的是編號四一三七（用以分大小）的富士蘋果，每個蘋果塔使用將近一顆蘋果，把整顆蘋果切片堆疊在上面像花瓣，這與法式蘋果塔做法不同，散散步蘋果塔是用煎的，不是烤的，法國的阿爾薩斯蘋果塔直接送進窯裡去烤，因為跟塔皮一起烤，所以塔皮不會脆，反倒潮掉，會受含奶油、水分的卡士達醬影響，一旦冷卻，餅皮吃起來就爛爛的。

臺灣人口感喜歡脆、Q的，所以馬丁的蘋果塔不用烤的而是用煎的。肉桂可與蘋果搭，所以加進肉桂棒，不用會苦、會辣的肉桂粉，用肉桂棒有香氣，聞得到肉桂香，但不會吃到它扎舌頭、舌尖的刮感。

選用椰子油去煎肉桂棒，不用奶油，是因奶油帶奶味，會影響蘋果本身的原味，奶油本身容易蓋過水果本身的味道，椰子油比較清爽，所以用它去煎富士蘋果，然後添加楓糖，非但不死甜，也能降低甜度，內餡是卡士達醬，用的是馬達加斯加的整根香草莢，減糖的卡士達吃起來清爽，卡士達以法國奶油製作，奶油吃起來會膩，尤其四吋甜塔更擔心有膩的問題，所以特別將甜度降低，當蘋果沾上卡士達時，客人會感覺整個口感是舒服清爽，不是膩的那種。

遊客從臺灣各地專程來散散步咖啡，吃完、享受完空間就離開，只要能吸引他們消費就值得了。客人認識，信任馬丁，來到散散步，這裡提供客人一個滿意的下午，各取所需，皆大歡喜。

祈堂老街的特色是它沒什麼人潮，這裡的石階無人清理，有許多青苔，當下起雨來，雨水沿石階往下瀉，乾掉後所形成的痕跡，這些非人為的風景是祈堂老街有別於其他老街之處，沒有過多的人與店家，不像其他老街有商業行為，這也是金瓜石至今仍能保有安靜的原因。

攤販雖會帶來更大批的遊客，但人在石階上下來去走動，很難不產生垃圾。自覺與人有疏離感的馬丁只想在金瓜石安靜地開店，這是他住的地方，希望它乾淨、安靜，更期許來此的客人都有某種素質存在，不去打擾人。

當散散步變成網紅名店，馬丁內心有個角落是難過的，有許多人只是為了想拍照打卡而來，感覺像把一個夜市搬到山上，但那不代表地方的發展。現在的祈堂老街有些策展單位進來辦活動，地方開始被外來者知道，來客比較多，假日時，只要好天氣，有滿多人經過老街，但下雨天依舊幾乎沒人，聚落依舊寂寞。

散散步正式營業以來，馬丁曾遇過外面正在落大雨，店內已滿座，但外面還在排隊，甚至有客人說在門口吃也可以，代表這家店吸引遊客，客人進來以後，吃完東西還想再來，當客人難過或每年的紀念日會想到散散步，是他最感動的事。

馬丁說，有一天他看見臉書的私訊，有一個事業有成的人跟他說：「今天很需要散散步。」來了以後，客人跟馬丁聊心事，馬丁站在吧檯，安靜聽完他的心情，這裡變成離開負面情緒的地方。

今天客人需要這家店與咖啡，散散步提供了，溫暖人的心，客人回家後，照常生活，如果能因為自己的故事影響某些人，讓對方拿出勇氣去選擇想走的路，也算好事一樁。

除了咖啡與甜點要夠水準之外，馬丁有一個十分特別的理念，對他而言，最重要的並非服務，客人能自己倒水，把東西端上桌。他希望客人來此感受聚落之美，還有一些靠自己去發現的故事。因此，他提醒員工，不要給客人過多熱情，客人需要空間，不去打擾客人，也不被客人打擾，笑容剛好即可。

散散步的存在，讓客人明白自己也存在，因為有許多人來此尋找自己，這是他想給客人的善意。

我在寫作的過程也遇上瓶頸，馬丁鼓勵我，單純做自己想做的事，就會覺得很幸福，不應該輕言放棄，要隨時保持赤子之心與學習能力。「一切都會是好的。」馬丁微笑著說，這是一句美劇常出現的臺詞，光聽到就讓人安慰，他也常以此自勉，希望自己能帶給人勇氣。

散散步的魅力跟金瓜石老街做了結合與呼應，這讓散散步變得特別，在聚落找不到一家店開在石階的盡頭，忽然抬頭有燈光，有一扇大門，回頭看，發現老街的路燈已全被點燃，卻沒有看到半個行人，滿像宮崎駿動畫突然出現自己亮著燈的一家店，而前來這家店的會是什麼樣的客人呢？當哪一天，散散步的人潮變得更多時，或許有些原本喜歡老屋安靜氛圍的人就不來了，這不只讓馬丁難過，我也不樂見如此。

未來，散散步咖啡的經營會延續往老屋、歷史的方向走下去，宛若過去的金德發商號，而今搖身一變成了散散步咖啡與民宿，也為金瓜石新生了一片人文風景。

（左）古早賣冰的鈴鐺營造出了空間感，是店內不可或缺的擺飾。（林俞歡攝）

（右）散步也散心，喝咖啡，與自己說話。（林俞歡攝）

迷迷路

還不到十一點半的營業時間，迷迷路食堂門口已有客人在排隊等著入內用餐，若非親眼目睹，我難以想像在採礦歲月過去，聚落人口大量外移，平時人跡罕至的祈堂路能有這樣門庭若市的一家餐廳。

迷迷路食堂是老闆馬丁親手整修的老屋，為了維持油毛氈屋頂吃盡苦頭，雖然一年刷兩次瀝青，落雨天仍得置放水桶、臉盆在容易漏水的角落接雨水。

喜歡老房子的馬丁，樂於賦予它生命，當看到它重生時，與蓋一間全新的房子是不一樣的感覺。全新的房子會帶給人想像的空間，老房子會受限某些素材，要保留原本架構必須費一番心力，像替一個老人做合適的妝扮，使他活出屬於那個年紀的青春。

尤其若本身採光不佳，該如何讓它有良好的採光，已令人傷腦筋，在選材方面又要保留老房子原有的樣貌更非易事，除了原有的屋頂，樓梯與隔間皆需要復刻，再做新地板、牆與窗戶，因自然光不足，設計時還運用燈光效果補強。迷迷路食堂的建築看起來像日式的房舍，是由於馬丁用木頭裝潢，找來古早的舊電表，希望遊客感受在這邊的舊歷史時光。

晴天的陽光充足，靠近大門的牆有窗格的影子倒映其上，非常好看。另外一面牆也開了一扇圓窗，光影同樣照在木板牆上，馬丁喜歡光影形成的效果，在屋內不裝窗簾遮光。

發現我一直看著貼牆面那扇窗的座位，馬丁跟我說其實坐在一進門旁邊的窗臺座位，不僅面對金瓜石老

以老房子整修而成的迷迷路食堂，是販售雞湯定食的專賣店。（呂銘紘攝）

街，重點是這排面窗的座位完全採光，坐在這邊能看見油毛氈黑屋頂，還能看見過路的行人，他們泰半會往窗內瞧，想知道你在吃什麼，或好奇這家店在賣什麼，看到這些表情，就覺得有趣。只是馬丁在備料時會盡量避開與人四目相會，他擔心行人進來詢問，會耽誤自己的時間，因已不止一次，每當在備料，常有人進來關心：「請問這裡賣什麼？」

另外，窗臺上還有一個特別的物件，那是拼貼在上面的窯變磚，每一塊的花樣都不太一樣，上面的紋路不是印上去的，因窯燒變化，中間區塊顏色較深，四周區塊顏色較淺。馬丁說當初設計這家店的主視覺就是顏色，吧檯與窗臺前的老舊孔雀椅與咖啡色的牆壁是最協調的顏色，像樹木跟葉子的關係一樣，給人自然沉穩之感。

其實，在二〇一九年五月完工時，馬丁還不知道這間親自整修的老房子要經營哪種生意，但

精緻的食材，乾淨的環境，是老闆馬丁經營迷迷路食堂的原則。（林俞歡攝）

店內桌椅的張數、吧檯上製餐檯的寬度與高度皆已確定，只是不確定之後呈現給客人的品項是什麼，這樣的窘境使馬丁陷入煎熬，同時必須開始思考自己會什麼。

房子裡面賣什麼東西與馬丁想呈現的視覺有關，首要強調的就是美感，後來，馬丁想到了有媽媽味道的雞湯，雞湯是一道家常料理，難度不高，只是需要掌握好時間去熬出一鍋既家常又好喝的湯，它的變化性來自湯裡不同的素材，一碗湯有主角與配角之分，也會影響它的風味，比方分別加進干貝、剝皮辣椒的雞湯就是兩種風味完全不同的料理，雖然主角都是雞肉，實際上湯底已產生各自的變化。

決定販售既傳統又溫暖且具團圓意象的雞湯，迷迷路食堂在完工那年的八月底正式營業。

寒風刺骨的冬天，溼冷的東北角，旅人遠道而至，喝上一碗熱騰騰，料好實在的雞湯是莫大

賦予老房子新生命，善用內部空間，帶給旅人新的體驗。（林俞歡攝）

的享受。如果遇見隻身到這裡的客人，馬丁會對他格外地熱情，他特別喜歡獨自前來用餐者，那是因為一個人很安靜，不會打擾別人。經常，一嘈雜，就會破壞空間與餐點的美味。

朋友跟我坐在靠窗的雙人座，看著窗外陽光灑落在山林間，她請我替她照幾張相，天氣好，空間佳，照片怎麼拍都美，朋友對我的掌鏡滿意至極。

店員送上我們點的梅干蒜香魷魚雞湯定食，拌開紅藜麵線，吃了幾樣配菜，朋友說從未吃過這樣的料理，接著吃梅干蒜香魷魚雞湯，湯裡有蒜苗又有魷魚，不喜歡過鹹梅干菜的她，覺得這裡的湯頭清爽，湯的風味有魷魚的甜，不同於一般雞湯的油膩，雞肉口感鮮美。

吃出老闆用純手工洗淨的日曬梅干為湯的基底與特色，加蒜苗跟魷魚去提鮮，這樣另類的雞湯吃法，結合獨門創意與客家古早味，會讓人一口接一口喝落肚，堪稱山城裡難得的美味。

非廚師出身的馬丁覺得樸實不華麗的雞湯料理與老房子風格頗搭，進而想把多樣幸福的元素結合在一起，因此，為了空間的形象，在主食雞湯外，他後來又將雞湯設計成偏日式的老媽媽干貝雞湯、剝皮辣椒雞湯、紅棗鹹鳳梨豆醬雞湯、梅干蒜香魷魚雞湯、迷路醉雞等套餐定食。配菜有XO醬佐紅藜麵線、紫蘇醬山葵、鰹魚七味南瓜、橙香蓮藕、胡麻豆腐。

雞湯定食採多種日式風、悅人眼目的擺盤。平常不喜歡吃雞肉的我，請教店員哪一種主食比較不會有雞肉的味道，他推薦梅干蒜香魷魚雞湯，約莫一刻鐘，雞湯定食送上桌，吃在我這個平常不喜歡吃雞肉的人口裡，完全沒有排斥感。最深得我心的是配菜中的XO醬佐紅藜麵線，配色超級吸睛不說，成本還比一般麵線價格高一倍，麵質Q彈可口，食欲大開，吃一碗不夠，我又加點了一碗，驚人的食量，嚇店家一跳。

馬丁從傳統中取材加入新意，選用日式的拉麵碗去裝雞湯，像這樣一人一碗的傳統雞湯，馬丁說沒看過還有別家店將它做成一人份。

把原本的麻油麵線改成XO醬拌紅藜麵線，搭配日式溏心蛋，自創的XO醬，用豬油加洋蔥下去爆。普通的XO醬裡會放小魚乾、干貝，市售的干貝醬因油、干貝與小魚乾分別放入，故較沒味道；迷迷路食堂的XO醬多了櫻花蝦，加上會吸汁的香菇，增添風味，用來拌麵線非常入味。馬丁與店員都會貼心地提醒客人，麵線必須在一分鐘內拌開，否則會黏成一團。

地瓜是便宜營養的臺灣素材，拿它跟柴魚、鰹魚一起煮，再灑些七味粉，吃起來有鰹魚的風味，有別於平時吃到的地瓜。柚子醬醃的蓮藕，上面刷了一層柳橙，吃起來有雙重果香。富口感的板豆腐十分臺派，加上海苔、胡麻豆腐，中間有雞胸肉，其上是海苔，合在一起吃下有御飯糰的風味。

馬丁說吃過迷迷路食堂料理的客人泰半覺得食物味道不一樣，那是由於迷迷路的食材各自獨立，調味方式也不盡一樣，不像多數的臺式小菜裡都會放蔥、薑、蒜、醬油、醋，味道才會都差不多。

迷迷路食堂非常重視料理與餐具的視覺感是否具特色，他藉由日式的碗盤，盛裝臺灣食材，再從中找出新亮點，餐具的擺設也高低有致，中間高，兩邊低，如此才能呈現出用餐的層次感。

雞湯裡的香菇飽滿多汁，相當美味，問了馬丁，才知道食堂用的香菇種類是一斤一千兩百元的高山菇，干貝用的是一斤一千元的日本北海道干貝，每做一次耗材半斤，做法同香港的煲湯，只是沒金華火腿，福菜用的是媽媽手洗曬乾的梅干，不是市場賣用鹽巴醃製的梅干。

一般的餐廳大多以餐點為最主要的訴求，而馬丁把空間與主要販賣的商品做結合，並強調用餐時的光

出餐前，老闆馬丁用心地料理食材。（呂銘紘攝）

認真對待每一樣食材，是馬丁的料理原則。（呂銘紘攝）

健康養生的美味餐食。（呂銘紘攝）

線、音樂、氣氛與一起用餐的客人，平衡裝潢的美感、料理的滋味，整個設計空間與料理美味的方向彼此相輔相成。

此外，迷迷路食堂也賣日本梅酒與果實酒，精心挑選在臺灣能見度與酒精濃度較低的日本酒來販售，在食堂用餐很適合來一杯酒，雞湯配梅酒與果實酒，幾乎沒人想過把兩者搭在一起，美味的料理配上些微的美酒，確實令用餐者更為飽足。

下回再邀請朋友上山來迷迷路食堂用餐，一定點一瓶梅酒佐餐（要是遇上溼冷的雨天更棒，暖身也暖心），體會老闆用心的調配。

看著在黑色的背景牆面，陽光映照穿著白色襯衫制服的馬丁與夥伴認真備料的身影，如同人在空間流動的一幅攝影作品，色彩與光影帶給這間老建築生命，我希望誠如馬丁所期待的，他營造的空間與設計的料理能有被大家喜愛的經典。

望著窗外景色，同行的好友說：「住金瓜石真好，這裡是一個『市』外桃源，遺世獨立的所在，容易讓人忘了年齡，在這裡生活的人都感覺比較年輕，分外有活力。」

是啊，住在這座山中無甲子的金色聚落，每天體驗歲月靜好的從容，人生若此，夫復何求？

壁鐘。老屋。窗景。迷迷路食堂還有一位靈魂人物，那就是老闆馬丁。（林俞歡攝）

迷迷路食堂內的一間古早味包廂型和室。（林俞歡攝）

迷迷路食堂店內有許多復古的物件。（林俞歡攝）

山尖路上的幸福

一想到金瓜石通常你會想到什麼？挖礦，還有三不五時就發生在礦坑裡的災變。然後呢？私自偷藏黃金被抓到，逃不掉的嚴刑峻罰。停停停，等一下，以上這些都與過去的金瓜石有關沒錯；但我想問的是關於現在提起金瓜石，你會想到什麼？九份。蛤？九份是金瓜石的鄰居，它不等於金瓜石，雖然九份與金瓜石的距離不遠，但它們是兩個不同的地方哦。

無耳茶壺山。大肚美人山。賓果！都對，這兩座山都在金瓜石。看到這裡，你一定想問，那我自己會想到什麼？如果從前，我的答案也會跟多數人一樣說礦產與礦災，只是經過這些年，我發現礦業變成聚落很珍貴的歷史跟文化，那段過去輝煌，也有些悲情的歲月會永遠銘刻在每一個礦山兒女的心版。而現在，我想帶大家一起在金瓜石遇見悲情過後，我喜歡的幸福，怎麼樣？是不是有讓你耳目為之一新的驚喜？

有時，我從居住的緩慢民宿外面的石階步道往上走，十分鐘左右就會來到一間黑色大門，十分有特色的建築前，有時會看見屋裡透出溫暖黃色的燈光，有時會聽到傳出吹奏薩克斯風的聲音。

若你跟我一樣，為這樣悅耳的音樂所吸引，建議你不用擔心會不會惹來異樣眼光或害羞，只管上前去敲門或在門口喊聲：「有人在嗎？」熱情的吳朝潭或王佳蘭都會邀請你進屋，招待遊客喝一杯茶，跟大夥分享他們的空間。

這裡是位處山尖路一一七號的幸福空間，一看見大門上有行走在軌道上的五分車，門前會有黝黑的礦工

山尖路的老家是吳朝潭與王佳蘭夫婦的幸福空間。（林俞歡攝）

圖案，就曉得沒找錯地方，正是音樂人吳朝潭與藝術家王佳蘭賢伉儷的住家，也是我回到故鄉的私房幸福空間，王佳蘭說當初這個空間單純是用來居住，沒有開放的打算，只是現在人到了一個年歲，就想與更多人分享自己的家鄉。

吳朝潭曾獲臺北城市散步單位頒贈「穿梭金瓜石山中最帥的男人」（雖然王佳蘭會開玩笑地吐槽說整個山城是都沒人了嗎？這樣的玩笑總逗得現場的大家哈哈大笑），而在我心裡王佳蘭是最帥男人背後最暖心又有智慧的女人。

我跟吳朝潭與王佳蘭認識沒超過五年，他們夫婦比我早回鄉，承蒙他們不嫌棄把我當作自家小妹看待，教了我許多生活的智慧，每當我問起吳朝潭小時候的事（也是他讓我知道阿公與阿嬤最早落腳的老家位置），健談的他就會開始口若懸河如數家珍將童年往事傾倒而出，如果沒適時地插話終止他，我想他大概可以連說一天一夜不成問題。

熱情的王佳蘭每次看到我總會觀察我的頸項是不是又變僵硬，肩膀有沒有不自覺又高聳起來，經過她多次愛的調教，我學習讓緊綳逐漸變得放鬆，似乎覺得我還有進步的空間，這次來看她，「快樂地做自己，不用把一些不屬於自己的事情往身上攬，你要先快樂，讀者才能從你的作品中沒有壓力地閱讀。」沒等我開口，她就先送了我這一段金玉良言，看我點頭如搗蒜，想必她也有了孺子可教的欣慰。

房子裡，最吸引我的無非是掛著薩克斯風、黑管、洞簫等樂器的牆面，吳朝潭說他小時候就喜歡吹奏樂器，而且幾乎自學，無師自通，我幾次的新書發表或座談會，他都情義相挺，為我演奏〈隱形的翅膀〉送上祝福，他的音樂聲中有著礦山人不輕易放棄的堅韌，我非常感動。

我跟王佳蘭聊到有關近年來一些地方建設的議題，她說除了礦工，金瓜石還有無數的植物等著人們去認識，雖然過去聚落是礦山；但尚未發現金礦前，它已是一座偌大森林，王佳蘭說這片土地上的植物、昆蟲、動物都是鄰居。看到家門前種的木瓜長出來，她才知道原來木瓜的花有雌雄之分，自然界的寶藏離人這麼近，我們卻一直著眼在遠大的夢想，反而遺漏身邊細微的美好，這是很可惜的事，其實，當人與土地擦撞出溫度，就會衍生愛地方的情感。

吳朝潭與王佳蘭希望從自身做起，透過在金瓜石的老家傳遞發現幸福的理念，她舉桌上的盆栽為例，樹葉有多種顏色，組合變成花，即使花盆裡裝了滿滿的葉子，仍有花的樣子，回到故鄉，經常在無的當中發現有，這為自己增添許多的快樂。

環視屋內，四處掛滿王佳蘭的畫作，我請教這麼多幅作品都是在金瓜石完成的嗎？她的答案讓我驚訝。

「到處都能畫，有筆就畫，沒筆就以樹枝、手指頭代替筆，我不會限制自己一定要畫在紙上，創作的感覺來了，任何東西都可變成畫具。在海邊有撿燒過的樹枝可畫出黑色，磚頭畫出紅色，石頭能畫出土黃色跟白色，顏色繽紛，另外，海草、沙子、貝殼都是作畫的好素材。」

每天一打開門，看到的花草樹木，蘊藏許多的新奇等待與人相遇，包括雲霧、雨水等，一年四季各有風情，這些都是幸福。只是從去年橫跨到今年的雨季實在太長，難免影響心情，但王佳蘭選擇不受雨季的干擾，她想與其在寒流來襲時窩在屋裡，愈縮愈冷，不如做好保暖的措施，然後再撐著雨傘出門。

王佳蘭看到雨水沖走落葉，落葉直接鑲在路邊，透過雨水的反射，那些落葉美

土生土長的礦山樂手吳朝潭，許多的樂器都是無師自學。（林俞歡攝）

低頭認真創作的王佳蘭，每個時空與素材皆為靈感的來源。（林俞歡攝）

極了，尤其走在浪漫公路，偶遇擋土牆上的青苔，她覺得青苔的形狀像愛心，就隨地撿了竹子，脖子夾著雨傘，左手拿手機記錄，右手持竹子把那片青苔旁多餘的部分刮掉，畫成愛心。我看著她手機上兩顆青苔愛心，她說本來只有一顆愛心，她覺得成雙的愛心比較不孤單，就再畫了一顆。那天回到家滿身大汗，不僅完成愛心青苔的圖案，還戰勝寒流。我說真是厲害的創意，「在多數人覺得苦悶的雨季中，有一點瘋狂可以讓我們開心，是很棒的事。」王佳蘭笑著說。

回鄉的這陣子遇上雨季，透過王佳蘭的分享，也讓我領教到要曉得怎麼在聚落的雨天玩耍，才能有較多的樂趣，既然是冰冷灰濛的雨季，那麼，就從中尋找快樂，而非只要一碰到下雨就又愁容滿面，誠如她所言，「金瓜石的幸福必須靠我們去發現！」就像她利用雨後地面形成的水窪畫出了貓咪。這個聚落過往雖是一座辛苦的礦山，但仔細觀察，卻發現到處暗藏令人意外的小確幸。

我們不約而同地覺得以前那段悲苦的挖礦歲月並非不能記住，但不要受到它的束縛而影響眼前的幸福。

王佳蘭曾在學校跑道上欣賞被風吹得翻滾的樹葉，在穿過枝葉的樹下，聽樹葉被風吹動的聲音，那種感覺像在觀賞一場樹葉的賽跑，她在旁替它們加油，每一枚樹葉各有不同的姿態。又或者，用新的心境與生活周遭的事物互動，不難從中發現驚喜，即使每天看山（有人會說山不就每天固定那樣），當我們願意貼近它注意去看，會發現因陽光照耀的角度而呈現不同的陰影，出現不同的表情，這就是山巒給我們的回饋。

金瓜石是非常適合旅行、度假，甚至居住之所，既能安定人又令人放鬆。其實，每個地方都有過刻骨銘心的悲傷，我們可以紀念，但不能始終沉浸於悲傷，否則永遠無法生出新芽。

這塊土地已讓人開膛剖肚許多年，我們必須幫助它復原，聚落的寶藏不是只限地底下的礦產，還有地面

住家庭園裡的花草木石，吐露著與人每次幸福的相會。（林俞歡攝）

上豐富的自然生態，能維持土地的原貌就是幸福。

吳朝潭與王佳蘭期待自己的家變成講述地方故事的空間，目前採預約制，以分享在地故事等藝術作品為主，想前往參觀者可以先撥電話預約。

王佳蘭說丈夫不斷地跟她講解過去在金瓜石生活的記憶，因他的講說，使她對這塊土地有更深入的了解。說到父親當年挖礦的事，大家都誤以為吳朝潭當過礦工，王佳蘭則笑說自己轉述從丈夫口中聽到的聚落過往，大家也以為她在金瓜石出生長大。「不管如何，我們都希望能將此地的經驗分享給遊客，包括自家種的玫瑰、萬壽菊等，花一摘便可泡茶招待客人。」王佳蘭熱情地說著。

身為黃金博物館導覽員，吳朝潭帶戶外導覽時，有時也帶遊客參觀自己的住家，話當年，順便吹奏幾首歌曲，遊客看見生動的講解與表演，感覺採金年代浮現在他臉上，這讓吳朝潭既感動又興奮。當回憶襲來，拿出童玩，玩尪仔標、釘陀螺、打彈珠，他就覺得滿足，而那也是我的兒時記憶，因而特別有感。

與吳朝潭說起印象深刻的事，他說時常有人問：「這裡是民宿嗎？」他總笑著回答：「不是民宿，是自宿。」遊客問附近有什麼可以玩之處，指引景點後，遊客詫異吳朝潭對地方的了解，他會告訴對方自己是土生土長的在地人，尤其提及採金礦，許多人聽到欲罷不能，才知金瓜石文化內涵如此深厚。

這裡是山尖路上的幸福空間，是吳朝潭與王佳蘭半開放的生活空間，歡迎大家來到這裡聽故事，看畫展，你會發現幸福就在自己的周遭。

掛滿牆壁的各種樂器，是吳朝潭的寶貝。（林俞歡攝）

家裡隨處可見別出心裁，使人感動的創作。（林俞歡攝）

大門上礦車的軌道，門口戴安全帽的礦工，幸福空間內外，隨處可見緬懷採金歲月的設計。（林俞歡攝）

我的門牌號碼

陽光普照的天氣，我從金瓜石車站沿著金水公路散步，一路走到現在由石山里吳乾正里長（我喊他阿正大哥）經營的悠一一九客廳。

白色的外觀，門前的櫻花樹開得很美麗，建築有著超然的品味，看起來像遺世獨立的私人住宅，說它是住宅一點也不為過。這家悠一一九客廳除了有咖啡、茶與小點心，還提供民宿服務，也是阿正大哥用來接待旅客的場所，如果決定安排兩天一夜在山上，這裡是不錯的選擇。但要注意的是悠一一九客廳採預約制，出發前記得撥通電話預約，以免向隅或空跑一趟。

有臺灣民宿之父與民宿達人之稱的阿正大哥，是山城中最早決定從臺北回到金瓜石整修老房子，經營民宿者，目前他管理的有四房一廳的悠一一九（可眺望山與海的露天陽臺）、悠 house 一五一、樹屋一三七、洋樓一八三、老家九九與小房子一三五，皆可住宿、長或短期租賃。這些房子多有廚房能讓客人自行動手做料理，當然也可以去附近的雲山水、食不厭等餐廳用餐。

阿正大哥招呼我坐在能看見山與海之間最美景色的座位，今天這裡只有我一位客人，他送來下午茶：三十年的普洱茶、古早味手工蛋糕與一小碟花生。

看著窗外景致，阿正大哥忍不住拿起手機走到陽臺拍了幾張照片，然後坐回我對面座位，他說慶幸自己能在二十幾年前就做了回到故鄉的決定，循序漸進從觀光，小旅行，短暫度假，到現階段的長期居遊。由於有金瓜石，才讓他回來經營民宿的夢想，面對如此美好的地方只住一晚已經太可惜，何況是走馬看花式的當天來回。

位處基隆山的金瓜石聚落有黃金博物館，往上行直達九份，往下走是山城美館所在地的水湳洞，阿正大哥不止一次跟我說，金瓜石是整片礦山（水湳洞、金瓜石與九份）絕佳的位置，如果對這裡沒有一定程度的了解，即使來兩天一夜也是浮光掠影，安排三天兩夜還未必能走得完整座礦山，從茶壺山、黃金博物館、地質公園，一路就讓人玩不完。

用飛快的速度看許多人事物的「觀光」。用雙腳走路速度的「旅遊」。不講求速度，待在屋裡看書聽音樂，看山看海的「度假」。在山中住一段時間的「生活」。那麼，人們究竟希望的是觀光、旅遊、度假，或生活？這些是不同的結構與層次，照阿正大哥的說法，我建議一開始沒太多時間的遊客可以先住品質好的民宿，假若未來有空再尋找喜歡的小屋住上一陣子，體驗屬於自己的山居歲月。

有臺灣民宿之父與民宿達人之稱的吳乾正。（林俞歡攝）

我問阿正大哥來金瓜石的最佳時間，他鼓勵大家盡量利用週一至五排休假來此慢遊，將週六留給平時無法放假的人，資源豐富、地景美麗、文化精彩的金瓜石，值得我們不只是蜻蜓點水式隨便找一家民宿訂一個房間住一晚，他舉樹屋為例，當初鄰居要賣房子，他買來改建成民宿，希望跟旅人分享一間在金瓜石的居所。他認為家鄉最漂亮的時間在黃昏、夜晚與清晨。尤其從濂洞國小與北山勢線交岔口一直到南新山（基隆山下）的浪漫公路，天朗氣清的日子，在浪漫彎的角度會看到非常棒的金瓜石夜景，當你抬頭，更能看見滿天清亮的繁星。如果沒安排充足的時間住下來過夜，僅止來這邊觀光，根本不可能享受這樣的美好時光。

早年以盛產金、銅等礦產成為國際知名景點的金瓜石，後來隨著淘金歲月結束，聚落曾一度蕭條，上個世代採礦煉金、換錢，如今它透過讓人繼續挖記憶、文旅等無形礦產再次復甦，吸引人進來體驗生活，創造聚落的價值，這是另一種形式的礦。

阿正大哥說當初選擇經營民宿是為了找出回鄉的路，青壯年人口外移，耆老逐漸凋零，造成許多空屋問題，那麼，如何化危機為轉機？未來，將空屋整理成民宿，從民宿到民宅，讓人們由到金瓜石旅行變成在此生活，尋找喜歡聚落的人口，進而共享這座山城，維持它的環境與居住品質，當有上百或成千的人入住金瓜石，就會產生吃喝玩樂的需求，透過經濟，創造友善的循環。「金瓜石的美景是大自然的寶藏，如果有更多人四季都各來住一次，最少住一晚或一個禮拜甚至一個月，體驗在金瓜石的幸福。」阿正大哥微笑說著。

我想，這趟回鄉長期居住，自己是幸福的，因為在金瓜石，我不只有一個門牌號碼。話題一轉，阿正大哥建議我盡快重整老家，至少先將屋頂與房子四圍的主要結構建好，即使短期內無法回來長住，至少透過出租或別的方式與人分享，這樣對房子的持有者或從外地來，有心在這裡短暫居住的人，也是好的價值。

整潔的悠 house 一五一，有著明亮的閣樓設計空間。（林俞歡攝）

的確，在金瓜石讓自己擁有房屋之外，與來此旅行者分享自己的門牌號碼是一種小確幸。拿我住過的悠house 一五一來說，就是一處很適合度假的小屋。當人走下階梯，沿道路右轉，往小屋的方向，再朝路口走進去，短短的一小段路，就開滿杜鵑、玫瑰、薔薇等花草，成了美麗的花徑。主人貼心地在門前置放了木質桌椅，讓人坐下來放鬆在城市緊繃的心弦，欣賞對面的茶壺山。

進門，映入眼簾的是樓中樓的設計，客廳有沙發、圓桌，還有簡易的流理臺。閣樓有一扇面山向海的窗，單人床與木質地板。白色牆上幾幅與山城有關的攝影作品，讓人回味過往山城年代的同時，也探索自身的定位。

希望來金瓜石的旅人能在這裡有屬於自己的門牌號碼，不等於在金瓜石訂一個房間的概念。「如何讓許多人在平常能上山享受生活，輪流使用門牌，不一定擁有，但能享有，不一定一輩子住，可能一週住一次，從住民宿轉型到在山上有自己的房子，悠閒地在此生活。」這是阿正大哥目前的計畫。

近幾年，有很多人陸續移居金瓜石，或有在此置產的打算，但喜歡山居歲月是一件單純的事，能有條件在這邊生活又是另一回事。

上山下海，甚至到臺北都很方便的金瓜石，有豐富的礦業人文，離九份觀光區近，有黃金博物館、茶壺山、大肚美人山（基隆山），未來如果纜車復駛、坑道與日式宿舍區再利用，這裡會變成更美好的地方。假若屬於金瓜石的山城居遊能成形，又可帶動離鄉的一批人回來，藉由這樣讓金瓜石留住更多的長住人口，重振過往的風華。

阿正大哥覺得未來金瓜石的重點產業是住宿產業，透過它才能挖掘出更多無形的礦產，沒住在這裡就無

時刻歡迎遊客到來的悠一一九客廳。（林俞歡攝）

法挖礦。在聚落，不管住在哪家民宿或小屋都有不同的體驗與感受，在這裡生活，跟著在地居民一起整理環境，上午拔草。下午種樹。晚上唱歌。過去人們在這座山裡挖礦，未來同樣能共創美好生活，為土地做事時自己也享受，採掘幸福的礦。

在金瓜石做一個幸福的旅人，我們有多少時間可以停留？必須空出時間停留，才能遇見別人碰不到的美好。

金漫

黃昏時分，我離開悠一一九客廳，搭了阿正大哥的便車在黃金博物園區入口處下車，我行經遊客服務中心、四連棟，沿著郵局前的階梯，走過長長的和服路，依約來到位於下方的金漫會館，紅磚砌成的圍牆並沒有擋住西式教堂主體建築，反而添了些許城堡的味道。

二〇二〇年七月，金漫會館開幕，給山城注入了風華，很難不讓從這裡經過的人多看它一眼，也會好奇這樣氣派的建築到底是私人住宅或招待所？宏偉建築外加使人覺得有點戒備森嚴的圍牆，讓我第一次經過時誤以為不小心碰觸大門，就會引發保全系統大響的錯覺。

後來才知道原來這裡既非私人住宅也非私人招待會所，它的前身是天主教堂，現在是新北市瓜山國民小學校友會理事長簡維正與手足們合力經營的民宿，歡迎所有來到金瓜石玩的遊客留宿。既然建築物本身有故事，我沒有理由不前往一探究竟，就在準備上網查詢相關資訊之際，我接到理事長的電話，請我提供之前座談會的照片作為校友刊物出版之用。我順便請教是否方便參觀金漫會館事宜，沒想到理事長慷慨地邀請我入住金漫會館，體驗一晚。我欣然接受並致謝，能住在那麼具當地歷史建築代表性又漂亮的民宿，對我來說是另一種難得的經驗。

推開金漫會館的白色大門，旁邊種植著桂花樹。大門右手邊的明亮玻璃屋是接待大廳，在玻璃屋的前面綠色草坪上有一棵年逾半百的茶花樹，廖管家說幾天前開了白色的花。聽說茶花的顏色愈不鮮豔氣味愈香，

籠罩在夜色下的金漫會館，在氣派外，多了幾分浪漫。（呂銘紘攝）

希望下次來時能聞到淡雅的花香。我回望用透明玻璃蓋成的接待大廳，問廖管家如果颱風來襲，玻璃屋怎麼辦？她說玻璃屋使用了兩層強化玻璃製作，不怕颱風，也無須貼膠帶做補強，我不禁佩服聯手設計並打造金漫會館的簡氏兄弟。

按例辦理完入住手續，我坐在大廳瀏覽戶外尚未轉暗的天色，四圍的景物一覽無遺，一抬頭，藍天白雲好不愜意。我留意到捲起的窗簾，想著陽光普照的日子，坐在玻璃屋內的人們縱然會有前途一片光亮的振奮感，但光線的熱情有時難以消受，窗簾的設計是一份民宿主人的貼心。

「夏天的夜晚，坐在這裡看星空想必是一大享受。」我羨慕地說著。「是啊！當初設計成透明的玻璃屋，就是希望可以讓遊客欣賞每個時節不同的風景。」廖管家附和我的說法，然後她提醒我玻璃屋對面有一個山泉水ＳＰＡ溫水池，這樣的天氣很適合泡泡腳，暖暖身，我說等下一定

明亮的透明玻璃屋是金漫會館的接待大廳。（林俞歡攝）

來體驗。

會館大門的正前方是客房區域，也是建築物本身的主體，步上石階可通往二樓的客房，往左邊直接通至房間入口處，右邊的螺旋梯則是直達一樓的客房，這個設計能讓客人在下雨天時繞過屋簷廊道回到房間，也能通往ＳＰＡ池，避免淋到雨。

我問下雨天來金瓜石會否讓客人覺得掃興，廖管家說曾有客人雨天在餐廳吃早餐，八、九點吃完早餐就一直看雨景看到十一點，他甚至跟朋友視訊通話分享雨中的聚落，廖管家聽到他朋友的回應：「哇！好漂亮的雨景，你在哪裡？下次我也要去。」如此聽來，想必金瓜石雨景自有它的一番韻味存在。

金漫會館內大部分的房間都可視實際情況與需要加床。管家帶我走過一樓的客房，我注意到客房多半以館內環境的特色命名，「桂花」、「茶花」、「時雨」、「山泉」、「池沐」，桂花與茶花是因為會館的兩棵樹，時雨是因為山中時常下雨，山泉是ＳＰＡ的水是山泉水；但「池沐」我就真的猜不到。

「池沐」房沒住客，管家讓我參觀，我很快就明白房間名稱的由來，浴室內有一個很精緻的大理石浴缸，泡起澡來必定非常舒服。

二樓的房間名稱是用金瓜石的山與景色取名，面向窗外依序為「茶壺山」、「報時山」、「基隆山」、「雲山水」、「金漫」，二樓的房間可看山賞海，有樓中樓的房型，也有日式榻榻米的設計。

會館為我安排的房間在二樓「金漫」山景豪華家庭房，房名除了與金瓜石早年的採金歲月有關，象徵黃金滿溢出來之意，也接近閩南語「真慢」的發音，鼓勵人們在此慢遊的用意很明顯。這間房間有別於其他的四間，這是一間獨立式的套房，客廳與陽臺皆獨立，在房門之外，還有一個單獨的磁卡感應門，非常隱密。我用磁卡感應，打開房門，看見兩扇用越檜實木製作的日式拉門。脫掉鞋子，踩在溫潤的木質地板上，

金漫會館接待大廳的圍牆邊，一棵年逾半百的桂花樹。（林俞歡攝）

映入眼簾的是寬敞明亮的空間，潔白柔軟的雙人床。一張十分紓壓的靠椅。乾溼分離的衛浴設備。拉開隔間木門，臥室裡面還有一個舒適的和室，數坪大小的榻榻米，擺設了桌椅，靠牆面有典雅的衣櫃，這樣的空間非常適宜住客輕鬆地喝喝茶，吃些小點心，自在閒話家常，找到旅行的感動。

隔日一大清早，天氣甚好（昨晚還臨時下了一陣細雨），我把握有陽光的時辰出門散步，沿著山城的階梯行走，溪流聲潺潺，兩隻麻雀從眼前飛過，花香撲鼻，我用手機隨意拍了幾張悅人眼目的相片，覺得心滿意足。

回到民宿，廖管家親切地跟我打招呼，我問她當初設計時怎麼沒把圍牆砌高些，比較安全？她告訴我，這問題也有人問她，「金漫會館蓋得如此漂亮，圍牆又不高，房間裡用的設備都那麼優質，這樣會不會遭小偷？」廖管家笑著回答，山裡有這麼多的石階，光是搬東西走階梯就很困難，何況派出所就在會館的上面，她相信應該不會有這麼笨的小偷才對，我聽了也會心一笑，是呀，哪有那麼傻的賊，賠了夫人又折兵。

我進到玻璃屋大廳，選了可以看到外面山景的座位，先倒一杯柳橙汁，烤兩片吐司，分別塗上薄薄的奶油、果醬，然後盛好熱騰騰的地瓜籤稀飯，在餐桌前入座，金漫會館的地瓜稀飯不同於平常吃到的稀飯，這裡的稀飯不會太稠也不會太稀，除了粒粒分明，還聞得到米飯的香氣。

一會兒後，主廚送來中式配菜，我除了配菜還配風景，一架飛機掠過天際，像此刻悠閒的心情，我的食欲也大開，美食當前，菜餚差不多吃個精光，體貼的主廚走過來邊清理桌面，邊問需不需要再加菜，我微笑道謝，說稀飯實在太好吃，請她幫忙再盛一碗，我問她在熬煮稀飯時是不是有什麼祕訣，她親切地謝謝我的稱讚，跟我說她的稀飯是用陶鍋下去熬煮的，陶鍋本身就有極微細的氣孔能散發出白米香。

主廚備妥口感較甜的紅色地瓜與口感較Q的黃色地瓜，為避免客人不小心吞嚥太快而噎到，她把地瓜刨成籤狀，開始先將白米放進水滾沸的陶鍋，以中小火熬煮，接著加入地瓜籤，待煮至八分熟就關火，利用陶鍋本身的熱氣，在上面蓋一層盤子，約莫半小時地瓜籤熟透後，客人吃到的就是軟硬適中，粒粒分明的地瓜稀飯。

我不是美食家，也不擅長料理，但聽完主廚深入淺出的講解，我忽然覺得也許應該找一天，為自己和家人熬煮一頓美味的早餐。

會館的早餐以清淡、健康為主，有九樣的菜色，雞或豬肉與魚肉，有時是雞蛋加牛奶的日式玉子燒，有時是臺灣蔥蛋或番茄蛋，以及兩三樣涼拌青菜，不定時會變換菜色，讓客人百吃不膩。

在金漫總有令人感動的時刻，先前就聽說這裡會有一個特別的跨年夜，吃過早餐，我請管家分享當天的活動。我們坐在二樓客房的陽臺上，喝熱騰騰的黑咖啡配點心，看對面大肚美人山，欣賞光影的美麗變化，一隻老鷹自由地在藍天中翱翔，管家慷慨地分享私房手藝——滷豆干，這並非普通的豆干，而是以冰糖、鹽、橄欖油，加進兩顆八角與些許辣椒，每半小時必須翻炒一次，花費兩個鐘頭，用小火滷得相當入味的豆干，大小剛好讓人一口吃盡，如果再配上白酒就更對味了。

我期待聽見自己無法入住金漫的跨年夜會館為大家所安排的驚喜，等廖管家娓娓道來。

她說當晚八至十點住客齊聚歡唱卡拉ＯＫ，之後玩賓果等遊戲，席間管家除了準備紅酒與氣泡酒，有調酒師證照的她更親自調了咖啡奶酒請客人喝，寒流來襲，似乎沒什麼比喝喝小酒更能暖身，我為沒喝到現調的咖啡奶酒感到可惜。

高潮當然是迎接二〇二一年的倒數時刻，「五、四、三、二、一、〇——」，緊接著放起長達兩分多鐘的煙火，由於這是會館特別送給客人的隱藏版新年禮物，大夥驚喜之餘也感動不已，連附近時雨中學的學生也跑出來觀賞，驚讚聲此起彼落。新的一年就在送別舊往，彼此互道新年快樂的歡慶聲中到來。

看我聽完，流露出羨慕的表情，廖管家二話不說就替我現場調了一杯咖啡奶酒，我把杯緣湊近鼻子，聞到一陣酒香，喝入口，味道近似帶著酒香的甜拿鐵，很順口，難怪會有客人喝過後跟廖管家說，自己本來只喝黑咖啡，以後多了奶酒的選擇。

我與廖管家喝著香甜的咖啡奶酒，聊著能坐擁這一大片山城美景真是超級無敵的幸福，她說自己從來沒想過有一天會來山上工作，而且又能遇到為這片土地奉獻，不以「利」字為出發點的老闆，這是她最大的幸福。

而我又何嘗不是這樣覺得，回到故鄉能遇見願意提攜我的長輩，有榮幸和他們一起為家鄉的未來努力，真的是人到中年的欣慰。

（左上）（左下）金漫會館舒適寬敞的房間，成為旅人居遊的好選擇。（林俞歡攝）

從金漫會館客房往外望，能看到美麗的大肚美人山。（林俞歡攝）

留住，才能漫遊

早上十點左右，金漫會館的創辦人，也是現任新北市瓜山國民小學校友會理事長簡維正與金漫會館董事長簡維明及負責經營民宿的總經理簡維賢陸續抵達金漫會館。

廖管家替我們每個人端上現煮的黑咖啡，我嘗了一口咖啡，跟昨晚是同樣的咖啡豆，因為太好喝，昨天多喝了幾杯，原先還擔心晚上會否睡不著覺，事實證明我的擔心根本多餘，這咖啡的香氣與口感都很好，是我個人品嘗過且列為前三名的咖啡，在此一定要推薦。

之所以會與創辦人相約，主要是想了解這個在家鄉從二〇二〇年七月正式營運，在媒體上頗受好評的民宿金漫會館。

在尚未開始正式跟簡氏兄弟話家常前，我憶及簡家的世交吳麗君（雲山水的二姐）說過：「金漫會館為簡氏兄弟的心血創作，五兄弟皆為人才，事業有成，進而回饋鄉里，處世厚道，金瓜石幸虧有像他們一樣的愛鄉人回來幫忙，得以更好地發展。」

從網路看到許多住過金漫的名人對會館評價皆良好，整體日式風格的房間與造景，使人彷如置身日本，甚至有去過日本的客人形容金漫比日本還像日本。廣播人吳建恆說：「我在下午和晚上躺在戶外山泉浴池，管家送來了咖啡和點心，除了無敵的美景相伴，石頭邊的音響輕聲地播放著臺語民謠，一隻青蛙從我眼前跳過，此刻的我了解那種遺世獨立才有的珍貴時光。」跟著董事長遊臺灣的戴勝通說：「一走進，好似金瓜石的涵碧樓，這裡有十個房間，若包棟，大門一關，便擁有一棟優雅的私人會所。」

金漫會館的前身是天主堂，一九五七年在瓜山國小旁邊的公路下方（日據國小的勞作教室）興建木造平房教堂，幾年後遇到葛樂禮颱風，整座山城的房屋受損慘重，因教友多屬臺灣金屬礦業（臺金）公司的高層從業人員，便順利獲得於現在的位置，於一九六四年五月一日興建鋼筋水泥兩層教室，該地為日礦會社的劍道場。臺灣光復後，臺金用做工友之家，後因殘破不堪，基於安全考量，一九五六年四月發包，拆除後改建為教堂，一九六五年二月四日落成啟用，同年二月十五日附設金星幼稚園招生，這是金瓜石第一所私立幼稚園。

而把教堂及幼稚園改建成眼前的金漫會館，是由簡維國按五兄弟兒時對於住家日式房舍共同的記憶設計而成的。「這不是一件簡單的工程，每一個環節要動工前，必須經過五個兄弟都同意才能進行，保存舊有天主堂的原貌與外觀，包括留下原本大門口前的大樓梯，這是五個人共同的默

簡維正（中）、簡維明（右）與簡維賢（左）兄弟合影於和服路。（林俞歡攝）

契。」簡維正說著，思緒掉進了回憶，當時家境窮，僅四弟簡維能讀過這所幼稚園，所以他特別受到恩待，同一年同時考上司法官特考及律師高考，在當時傳為美談。「完工後，我收到許多以前讀金星幼稚園的學子傳來照片，謝謝我們替他們保存了童年的回憶。」小時候的聖誕節，聖誕老人在教堂發鹹光餅、糖果，對大家來說就是一種美好的回憶。

簡家兄弟的父親是公務員，曾擔任過當年瑞芳鎮公所民政課長與祕書，也榮調至臺北縣政府文化中心（文化局前身）主任祕書。母親在臺灣金屬礦業公司工作，幫忙維持家裡的生計，成年後簡氏兄弟與父母移居在臺北打拚，彼此都住附近。父母現已離世，之所以買下家鄉的土地建築物，修建為金漫會館，也是為了紀念父母親，希望五兄弟與各自的後代在金瓜石能有一個情感與精神凝聚的所在地。

在保留教堂外觀原始的建築風貌外，金漫會館也加進許多現代的美學，利用不同的素材如鐵件等元素，重新賦予建築物新生命，站在庭院的草地上，望著對面基隆山，像欣賞美人的風采，而右側像一頭臥獅的無耳茶壺山、後面的本山，這個一百多年前盛產黃金，供應聚落居民生活之地，讓他們引以為榮。目前，平均每週回鄉一次的簡氏兄弟喜歡爬爬石階，呼吸新鮮空氣，看看風景，年老回到故鄉，感覺特別舒服。

位處金瓜石車站附近的金漫會館雖然才營運半年多，但由於主體建築本身有豐厚的人文歷史，外加獨立的庭院、圍牆、獨特的山景、便利的地理位置，已吸引許多團體到此包棟過夜，回頭客也不少。

以前遊客來金瓜石大多數人都是當天來回，頂多去黃金博物館走一趟就離開；現在住宿有著落，時間充裕，人們有空會去走祈堂老街。看見遊客願意留在金瓜石住一晚，多了解聚落的人文、地景之美，這讓他們非常感動。

位在金瓜石祈堂路上的金漫會館，前身為當地的天主堂。（林俞歡攝）

當初由五兄弟提出幾個名稱，讓下一代票選，就選出有金光漫溢感覺的「金漫」為會館命名，logo也由下一代設計。「金」，除了代表金瓜石，JIEN，也是「簡」與「金」的近音。「漫」，則有浪漫生活之意。

負責經營的簡維賢形容金漫會館是一個具多元人文背景的場所，而旅客在留宿金瓜石的同時，也可體會穿越歷史情境、重見現代古典的臺灣風情。他開玩笑說自己是校長兼撞鐘，哪邊水電壞了就去修理，負責拔草以及巡視周圍環境等雜務，除了回鄉工作，同時也是生活與休閒的一環。

金瓜石的礦業文化讓家鄉成為一個非常特別的地方，臺灣在人文上本來就是一個多元的寶島，會館也結合各項的元素，加上會館附近有以前日治時代的和服路，因此館內有將在地澡堂文化變成ＳＰＡ池的巧思，房間日式的榻榻米與木頭地板的靈感，則由從小住的房子就是日式榻榻米與木頭地板而來，希望遊客入住能感覺西式的教堂、日治時代與臺灣本土結合的歷史感。

當聽見我說金瓜石是一個很適合悠閒旅行的地方時，簡氏兄弟異口同聲強調在地的整個住宿品質必須提升，遊客來這裡，一定要住下來才有可能體會何謂慢遊，慢活。

金漫的設計與裝潢理念大致走向和洋風格，用童年老家格局設計會館，其實這棟建築本來簡氏兄弟想用來自己住，但在整建的過程中，不斷有路人想來參觀，進而詢問，「這裡是要蓋民宿嗎？」因此，後來大家便決定獨樂不如眾樂，索性決定做民宿。而五兄弟也希望金瓜石人所建的在地民宿不能令人失望，所以金漫會館聘請專業經理接待客人。客人一入住，就會體驗到軟體、硬體設備都是頂級的規格。

金漫房間的景觀可以稱得上是會館最大的寶藏，有遊客從清晨五點起床就坐在陽臺直到早上七點，看基隆山、雲海等風情變化，這些使他大為震撼。也有遊客拉開窗簾，打開窗戶，躺在床上什麼也沒做，就望著

打著燈光的金漫庭園夜景，SPA池外是一棵超過五十年的茶花樹。（呂銘紘攝）

金漫會館的主體建築與透明玻璃屋。（呂銘紘攝）

眼前美麗的山景，感覺像跟山躺在一起，那是種難以言喻的幸福。

看見許多遊客，每次退房都捨不得離開，哪怕是只能多待一分鐘，多照幾張相片也好，簡氏兄弟就覺得當初蓋民宿是正確的選擇，畢竟故鄉的風景能讓更多的人來分享，相信也是這塊土地的心願。

聊及金瓜石未來的發展，同樣身為金瓜石人的藝人翁家明說過畢生有兩個願望：拍一部屬於金瓜石的電影，以及促進金瓜石的觀光發展。而祈堂老街可說是金瓜石的命脈，二〇二〇年的礦山藝術展，六件藝術品都在老街，祈堂路對金瓜石的意義由此可見。聚落的觀光與金瓜石老街脫不了關係，復甦商店，遊客來才有地方去，將荒廢的舊宿舍整修成咖啡店，讓客人有歇腳處，這個部分盼與其他民宿一起共襄盛舉。

回想以前金瓜石一年有兩百五十天左右都在下雨，當下心裡渴望到外地去打拚的簡氏兄弟想脫離貧困的生活環境；然而當事業有成回到金瓜石，看到家鄉從採礦的繁榮變成現在的蕭條，又感覺沒落，希望聚落恢復以前的榮光，五兄弟也因而各盡所能地投入資源，希望遊子回來就業、生活。

每次面對基隆山，彷彿看日本的富士山，感覺山好壯大，人很渺小，坐忘雲霧中，得失山水間，這是他們共有的感觸。

家鄉有幾座大山，不僅簡氏兄弟，包括我自己每次回來面對壯麗的山巒，對創造主的尊崇就油然而生。畫家席德進畫過一幅〈金瓜石山色〉，蔣勳曾說：「那一天，一位朋友開了車，帶他跑了一個下午，沒有題材，心裡煩躁，正準備回家，路過金瓜石，夕陽的光線暗下來的山形，『哇！這山好兇啊！』他這樣心中一驚，下車架好畫架，四十五分鐘就畫了這張畫。」蔣勳在〈生命的苦汁〉提及：「畫家說這句：『這山好兇啊！』指的不是山，卻是生命本身。」故鄉能入畫家的筆下，真是一份殊榮。

我相信以金瓜石的風景絕對能吸引觀光客前來，只是要發展金瓜石，民宿必須滿房，一下子要店家進駐老街有困難度，沒人潮就不會有消費，當民宿住滿才有人潮，商機自然出現，還有從和服路到老街的商店要整條延續下來，不然會產生斷層。如果只有純粹的登山客並不夠，有些登山客自備水，甚至自備乾糧，怎有意願消費？金漫會館開在老街附近，希望讓更多來此的人深入認識金瓜石。

黃金博物館規劃從金漫會館旁要興建恢復過往中央斜坡索道的起站，穿越園區直到五坑黃金館。除此，當地也有許多日式房舍，包括獨棟三毛宅、二連棟、四連棟及六連棟，這是全臺灣沒有的部分，期待中央與地方政府一起將它們的特色介紹出來。

擁有金漫會館對簡氏兄弟而言是無價之寶，不僅提供外地人住宿，讓他們更了解金瓜石，五兄弟更慷慨地允諾，只要進到會館的客人都會被招待一杯咖啡，自在地享受這座黃金山城的風情。

偶爾，我會想起席德進的「這山好兇啊！」要進一步發展金瓜石，何嘗不須面對許多無形的暗礁，甚至驚濤駭浪，端看我們怎麼突破。

樓中樓的日式風格設計是金漫會館的特色。（林俞歡攝）

上山住一晚

在我比較熟悉的緩慢金瓜石民宿與金漫會館外，其實還有許多的民宿錯落於聚落裡，像位在祈堂路的金瓜石一〇一民宿，還有我回鄉時第一次夜宿山尖路上的雲山水小築，皆為優質的民宿，這些都是來金瓜石旅遊者落腳的好選擇，當然還有幾家我知道名字，卻沒住過的民宿，將來有機會我也想入住體驗。

I、金瓜石一〇一民宿

民宿的裝潢以「礦山」為設計軸心，推開大門，天花板採黑色調鏡面材質，地磚為消光黑霧面磁磚，大廳一對用石頭裝置成的柱子分列左右，和諧地安置在棕銅色的牆上，非但不違和，還散發著陳年況味，宛若歡迎訪客走進古早的礦坑。

來訪的這天，室外仍下著雨，民宿主人雅婷送上一壺熱茶，純淨、甘潤的口感，想必是用山泉水泡的。樓梯間展示著金瓜石主題油畫。每間客房以礦產取名，設計師用鏤空的浮雕作為每間客房的門牌，分別為「流金歲月」、「銀河夢境」、「永結銅心」、「真愛如鐵」，獨立於一樓的四人房則以「山城祕境」為名，其中的色系與擺設按著主題而有所變化，房間的窗景也跟隨天氣而有不同的風光。

現今的金瓜石一〇一民宿與我前幾次來最大不同是民宿的餐。去年，剛好是雨水下得讓人快發霉的那陣子，我因公務在身，一直到晚上八點左右才抵達民宿辦理入住手續。

溼冷的天氣，外加肚子唱空城計，整個人又冷又餓，簡直有點虛脫，好在貼心的雅婷已幫我跟主廚預訂好晚餐，我滿心期待晚餐趕緊上桌，即使是一碗熱騰騰的泡麵都足以令我感動莫名。

大約十分鐘，端上桌的是一份色香味俱全的崁仔頂鮮魚粥套餐，魚肉新鮮不帶腥味，看我吃得津津有味，雅婷告訴我民宿聘請了一位廚藝精湛的專業主廚安師傅，在本身專精的粵菜外，也擅長各式的料理。

過去在飯店服務的他，於二〇二〇年七月正式擔任金瓜石一〇一民宿的主廚，用飯店經驗打造民宿的新

上山住一晚金瓜石一〇一民宿，懷想當年的流金歲月。（林俞歡攝）

金瓜石一〇一民宿，祝福每一位蒞臨山城的旅人。（林俞歡攝）

餐飲文化，讓餐飲與住宿相輔相成，給住客更便利的住宿體驗，提升住宿的CP值外，更希望能增加住客的滿意度。

菜單會不定期更換，像這個時節主廚推薦的定食是「牛肉」與「豬腳」，牛肉雖比豬肉貴，滷豬腳卻最費工。豬肉、雞肉、牛肉與魚肉四樣是基本菜色，牛肉用紅酒燉番茄，豬腳到瑞芳第一市場購買溫體豬，頗受歡迎。用雞肉做的橙香雞腿排是小朋友喜歡的一道菜，加上鹽漬烤鯖魚，這樣的內容已經顧及多數客人的需求。合菜的部分會搭配在地新鮮食材，白灼鮮蝦、黯然銷魂叉燒肉、橙香咕咾肉、山藥蘆筍、蒜仁酒蒸蛤蜊、香煎刺尾鯛等都是常見的菜色。湯選用崁仔頂新鮮魚貨熬製湯底，佐以薑絲與豆腐，每一口都喝得到鮮甜好滋味。

菜單依客群需求做調整，現代人飲食日漸追求養生，客人更喜歡以食物原型為主的料理，時常指定以清蒸、水煮等不過度加工的料理方式。安師傅也會按照不同的客群客製化適合的菜色，遇到生日的客人，也應景地做豬腳麵線替客人慶生。現代人出遊，除了住的舒適外，也更加重視吃的部分，適度地與客人討論想吃的菜色，是安師傅掌廚的一大特色，客人也回饋以滿意的評價。

想吃定食，前一日預約還來得及，如果三、四人想吃合菜，就必須三天前訂桌，最新合菜的菜單都會定期發布在金瓜石一〇一民宿粉絲專頁供客人參考。大桌菜因要與客人討論細節，故建議一週前預約，基本上桌菜都是十幾個人包棟才會預訂，每人預算一千元左右，主廚會開菜單跟客人討論細節，類似喜宴或年夜飯的等級。

去年底，安師傅為包下整棟民宿的客人量身訂做一桌一萬兩千元的桌菜，桌菜比較彈性，也有隱藏版的菜單，客人可以根據預算來預約想吃的菜色。

喜歡逛菜市場的安師傅，遇到訂魚的客人，當天清晨就直接前往基隆崁仔頂買最新鮮的食材，客人評價普遍不錯，他說只是希望讓每一組客人都享用到最新鮮的海鮮料理。許多遊客知道金瓜石靠海，就會指定吃海鮮，主廚設計結合在地特色的菜單，受到不少肯定。

安師傅說他做的豬腳要滷三次，遇到敢吃肥肉的客人他會推薦豬腳，有些人不敢點豬腳是擔心口感會像橡皮筋般咬不動；但安師傅滷的豬腳不僅入味，還入口即化，評價良好。如果有人真的不敢吃豬腳，他就建議吃牛肉。用紅酒燉牛肉的作用是去軟化牛肉的肉質，因此，並無固定選用哪支紅酒，因為不想加嫩精、小蘇打，所以用紅酒來中和牛肉的腥味。

製作紅酒燉牛肉時，先挑選肥瘦適中、肉質較結實的肩胛肉部位，把牛肉切成適當大小，備妥新鮮的牛番茄，加番茄醬下去炒香，添點天然的迷迭香等義大利香料，再用牛油去帶出料理的香味，醬汁調味得差不

金瓜石一〇一民宿的主廚安師傅。（林俞歡攝）

多時，將事先燙過的牛肉加入拌炒，這時就必須加入紅酒，雖說紅酒的作用是用來軟化肉質，但烹調的過程還是要好幾個鐘頭。安師傅的紅酒燉牛肉未添加任何色素，所以有些客人可能會覺得主廚的紅酒燉牛肉顏色不像外面的那麼紅。

安師傅熱愛四處旅行，享受各地美食、小吃，同時也是一種自我進修。做了超過十年的料理人生涯，除了最基本的口味好吃以外，安師傅還特別注重料理擺盤的美感與配色，因此，盛上桌的時候總能獲得一片驚嘆，用心地對待每一份料理是他身為一位廚師對自己的基本要求。

至於我的提問：「聽說廚師的心情會影響到料理的好吃與否？」安師傅認為每一道菜確實與料理者的心情有關，因此，希望給客人色香味俱全菜色的他，會訓練自己保持好心情。

II、雲山水小築

預備極鮮的食材，是金瓜石一〇一民宿主廚對料理的基本原則。（林俞歡攝）

色香味俱全的紅酒燉牛肉。（林俞歡攝）

隱匿於石階旁的小巷弄，一九九五年創立的雲山水小築，經歷時代變遷始終呈現獨樹一格的度假環境。二〇二〇年起，提供中西式早餐，晚餐則可預訂二姐豐富的私房無菜單料理（主廚煮什麼菜就出什麼菜），以及團體客導覽。

這裡是金瓜石非常早期的民宿，由數十年前老礦工住的宿舍改建，牢靠的石頭屋，建材來自基隆山硬度極高的石英安山岩，透過老師傅用手工一塊一塊地鑿出，疊砌而成，親山面海，提供獨棟、獨戶的度假住宅空間，由於石頭堅固的厚度，住起來十分冬暖夏涼，這樣的建築格局特別吸引喜歡老房子的遊客。

原本由二姐打理的雲山水小築，現今交由她的孩子 Ivan 負責，在外面工作十幾年，每次回鄉 Ivan 總會思考生活應該有的模樣，競爭與過多的資訊，使人們逐漸遺忘生活周遭的美麗事物。

幾年前就萌生回到家鄉居住的想法，終於在二〇一九年初帶著家人回鄉定居，年底正式接手民宿。正式接管後，他重新整修石頭屋內部，室內裝潢十分溫馨，繽紛且柔和的配色相當舒適，替老屋添了些簡約的文青風，也在房間附上軟墊，讓帶小朋友同行的父母能安心出遊，而利用樓中樓高低錯落的格局，做出玄關、客廳、衛浴的區隔，呼應聚落山巒起伏之感，雖然把石頭屋內部做了適度的調整，但建築外觀仍保留日據時期一個門牌為一戶的設計。

石頭屋後面有個階梯，走上去到天臺，可以欣賞美麗的大肚美人山與遠處的海景，天氣好的時候，坐在這邊曬太陽是很愜意的享受。

問 Ivan 為何回家經營民宿，他認為與其說返鄉經營民宿，不如說是忠於自己，追尋夢想和生活，邀請朋友、旅客到這邊體驗飽滿的快樂與完全的放鬆，在辦理入住時，會建議遊客附近值得一訪的景點與旅遊行程，也會貼心地問是否有特殊的餐食需求、有無需要付費的個別導覽等服務，期望他們在雲山水小築的每一處皆能有真正遠離塵囂的感受，去擁抱聚落的寧靜與美麗，同時享有賓至如歸的感覺。

除了居住環境品質的提升，在餐飲的部分，民宿也十分用心，親自掌廚早餐，烤得酥脆再淋上黑糖蜜的可頌麵包，搭配歐姆蛋與水嫩多汁的香草雞胸肉，還有當季的水果，再加現煮的香濃熱咖啡。

晚餐則是雲山水風味餐的主廚二姐負責，無菜單的料理，比方珍珠菜小魚羹、清蒸海魚、苦瓜雞湯、炸海帶等，每道都是拿手好菜。

我告訴 Ivan 自己很久沒來住石頭屋，請他幫我設計簡單的散步地圖，雖然知道從小也在金瓜石長大的我，對附近的景點應該不陌生，但他還是很貼心地替我推薦雲山水附近的水圳橋（三層橋）、浪漫公路、山尖路步道這幾條適合沒有時間限制的散步路線。

年輕的 Ivan 說：「簡單一些，豐盛的早餐，美麗的山與海便是幸福。」這是讓他放下都市的一切返鄉的動力，愛鄉土的情感在他戴著黑框眼鏡的眉宇之間展露無遺。

隱巷內的雲山水小築，歷史悠久的石頭屋為民宿最大的特色。（林俞歡攝）

（左下）許多充滿巧思的布置，呈現出民宿主人的用心。（林俞歡攝）
（右下）石頭屋的營養早餐，幫助旅人展開充滿活力的一天。（林俞歡攝）

林俞歡攝

輯三　緩慢在家

緩慢在家

我回家了，這裡是山尖路，一般人眼中的緩慢民宿，但對我而言，除了民宿的定義，它也是旅人的家，更形同我在故鄉的第二個家。因五號路的老宅塌陷，至今仍未動手整修，故我返鄉居住幾乎落腳於此，而山尖路也是我從襁褓至學走路階段的老家所在。

穿過兩旁樹木蓊鬱的小路，就會望見位處半山腰的四層樓建築，經石山橋，再走一段石階到緩慢。純白的外牆搭著咖啡的木頭顏色，給人典雅的安定。推開質樸木門，迎來管家的笑容，每次回來，我總接受家人般的歡迎，賓至如歸的款待。

抵達民宿，管家正協助客人退房，我一直好奇「管家」的稱謂由來，店長秀秀跟我說，在成立民宿時，創辦人希望縮短與客人之間的距離，就用了「管家」的稱呼，讓客人住宿時，無論遇到什麼疑難雜症，皆能請管家幫忙處理，也讓人有到家的感覺。加上「慢」是許多現代人想追求的生活，貼近當地的文化背景，知道當地人怎麼吃怎麼玩，此時，管家的身分就很重要，協助旅人去挖掘在地故事。

大廳中央，用石頭砌成，從一樓通向四樓的壁爐煙囪，樓梯跟著煙囪繞，營造出礦坑的造型，由一樓望頂樓的角度，剛好形成一方小天井，類似站在坑內看往坑口的感覺。室內展示著在地藝術家的畫作，以及販售書籤，向日葵、薰衣草、玫瑰、馬鞭草、天竺葵與桂花氣味的絲瓜皂、手工精油皂，還有水湳洞山城美館寄賣的木鈴等文創品，洋溢濃厚的藝文氣息。二樓的鞋櫃用粗細不一的線條設計出當地多雨的圖樣。因為房

陽光普照，窗明几淨的大廳，給人緩慢在家的安定。（林俞歡攝）

內沒提供第四臺與其他無線電視節目，所以二樓公共區域那面偌大書櫃，架上陳列琳琅滿目的書籍、電影ＤＶＤ，成為精神糧食補給站。

屋內隨處可見有著「緩慢」字樣與義大利文單字「Adagio」，此為音樂慢板之意，也是緩慢想傳達的精神，緩慢下來，至於在「緩」與「慢」中間的小方點是停止鍵的符號，提醒人們將速度放緩放慢，慢下來，思緒才跟得上。甚或降落，然後停止飛行，如此，才能看見生活中真正的美好。

近幾年因回溯童年記憶，爬梳金瓜石人事，寫作《金色聚落——記金瓜石的榮枯》，故我有經常回鄉的理由，從停留一日、三日、五日，然後更久的天數，故鄉是一座慢城，步調緩慢，投身其中，光陰宛若靜止了。

即便金瓜石的地理位置隸屬新北市，卻無都會的喧囂。儘管離九份僅十五分鐘左右車程，

從[redacted]樓直通至四樓的壁爐煙囪，樓梯跟著煙囪繞，形成[redacted]方小天井。（林俞歡攝）

卻沒激起我去老街的欲望，心甘情願宅在家。沉浸悠閒與緩慢中，讓心境與思緒安靜下來，過濾掉生命的雜質，這裡像與世無爭、遺世獨立的所在。清晨，我常被比鬧鐘還稱職，透過大樹枝葉灑進臥室窗戶的日光、宛轉清脆的鳥鳴給喚醒，覺得在被窩多睡幾分鐘都浪費。推開棉被，離開眠床，梳理完畢。起身漫步林間，悠緩地走上石階，眼前大肚美人山，右方無耳茶壺山甦活了眼目，面向青翠的山巒，我伸展筋骨做簡單的早操，迷戀地呼吸清新的空氣。

記得有次，一位先生騎著摩托車緩緩向我靠近（他的穿著讓我以為是在地居民），詢問附近哪邊好玩，我有些驚訝，心想：你一個在地人怎麼倒向我這個遊子問路，說了半天，才曉得原來他從高雄來，昨晚住附近的民宿，下午得趕回去，想利用有限的時間再走些私房路線，我推薦祈堂路、斜坡索道與報時山步道等景點。他露出笑容道謝後騎車離開，而我則徒步往車站方向，準備搭客運上瑞芳市集逛逛，途中巧遇從外地來賣蔬果的藍色貨車，我買了一顆柑橘，幸福的早晨。

在這座山城，蜿蜒的山路與石階是一大特色，回家的日子，我多數靠雙腳在聚落移動，日積月累練出強健的體力是土地給我的回饋。有時，汗流浹背走完一段路，晴空瞬間下起滂沱雨勢，我外出散步習慣隨身帶傘，豔陽高照就遮陽，遇上午後陣雨便擋雨，山中的天氣常不按牌理出牌，此時陽光普照，下一刻可能傾盆大雨，雨傘變成不可或缺的陪伴。

晨運後簡單沖個涼，等著我的是豐富的九宮格早餐，如果和家人或朋友同行，就必須一起行動，這樣的用意是因在忙碌的都市大家總是趕上班，沒空一塊吃早餐，在此藉由兩人共食的時光也讓彼此聊聊天。

臺北的朋友明白我回鄉小住不愛接電話，索性傳訊息問候，他們理解我多半只回覆一枚笑臉貼圖，甚至

從室內通往戶外的煙囪，為旅宿的一大建築特色。（呂銘紘攝）

未讀或已讀未回。不分晴雨，無論哪個季節，在山上，電腦、手機、手錶等電子產品對我來說常是多餘，我極需的是將自己緊繃的情緒放輕鬆，把不自覺就聳起的肩膀放下，練習讓靈魂歸回安息、平靜安穩，悠緩是在聚落生活的不二法門。慢活、慢食與慢遊，將自己栽種於這塊土地上，進而讓土地發亮綻光。

我一直沒忘記，那天下午屋外落著大雨，我特地延了回臺北的時間，為的只是留下來和一位即將到緩慢的朋友打聲招呼再離開。管家貼心且俐落地為我送上午餐，不是那種用來招待貴賓的客製餐飲，而是讓我感動到險些落淚的家常料理，屬於全家人圍坐一起用餐才會出現的菜色：秋葵、紅蘿蔔絲炒高麗菜、番茄炒蛋，還有我喜歡的白米飯與開水。

縱使因 COVID-19 疫情，我與管家們都面戴口罩，但從笑得溫暖的眼睛，我接受到滿溢的親切，我以眼微笑示意，希望她們也能收到我的感激。用餐到一半，廚師忽然問我說她在番茄炒蛋中加了蒜泥怎麼辦？我給問得有些糊塗，後來才弄懂原來她以為我不敢吃蒜泥。我說很好啊，蒜泥有益健康啊。

仔細咀嚼著炒了蒜泥的番茄炒蛋，久違了家的味道在味蕾蔓延開來。我的鼻頭一陣酸楚，從母親離世後，我與每位家人各自忙著工作，外食居多，根本無暇在家開伙煮頓像樣的餐食，更不用想還有機會吃到母親的拿手好菜番茄炒蛋了，而母親的番茄炒蛋也多半會用蒜泥提味。

平時在緩慢的午後，熱騰黑咖啡配薰衣草手工餅乾，獨自坐在靠窗的座位，就算只是安靜地坐著，發整個下午的呆，也是一種優質享受。前方起伏的山形總令我捨不得挪開視線，尤其三不五時有客運行駛其間，一晃眼車子隱沒在茂密的樹林裡不見蹤影，沒一會兒又重現於公路，彷彿穿越時光隧道般的蒙太奇畫面讓我驚喜。

三點左右，這個時候也是登記入住的忙碌高峰，管家會先準備一個點著煙囪的黑色小屋，象徵炊煙的聚落人家，凸顯在地風情，藉由木質調性的薰衣草等香氣，讓住客身心靈得以放鬆。然後再呈上三張蕨類植物的卡片讓旅客選擇，選定之後翻閱背面的名稱就是當晚入住的房間，通常是一本書名，進房之後，那本書就平躺在書桌上。

記得有一次我選到「日常藍調」，背面的文字是：「太陽還未完全露臉，淡藍色調暈染了整個大地，景物更顯層次和原貌。騎在路燈猶照射的藍色公路上，遠方是逐漸粉紅的天空。」又有一回拿到的明信片寫著：「踩在土地上，成為一個有根的人。」那應該是我喜歡上緩慢的關鍵，覺得如果這裡不是我的家，又為何那麼清楚找心中的想法呢？

特別一提的是，這裡的每間客房皆沒有編號，門牌就是住客選中的書名，因此，必須記住書名，以免找不到或找錯房間。

黃昏時分，從水圳步道一線天、水管路散步半個時辰歸來，回房洗把臉，等夜幕低垂，順便等待浪漫的山月慢食晚餐。

約莫九十分鐘的「山月慢食」有開胃薰衣草醋、三旬野菜、山稜野菜櫻桃鴨、三碗二海鮮湯、九孔時雨煮、鹽烤午仔魚、水果冰沙、鎖管什穀燉飯、樂活氽燙、甜點、晚安茶等多道菜，享受佳餚的同時聽管家說菜，是整頓晚餐最精彩的時刻。

我記憶猶新的是用一整顆南瓜製成的「金瓜石濃湯」，濃湯表面的兩片南瓜脆片代表著大金瓜露頭與小金瓜露頭，也就是當初金瓜石與九份開採金礦的所在地。

大金瓜露頭位於現今的金瓜石地質公園，而小金瓜露頭則位在大粗坑古道，因為金瓜石位處山區迎風面，受到東北季風的影響，海上帶來的水氣常造成雲霧繚繞，料理上一圈圈的鮮奶油代表此地獨特的氣候。喝入口的當下就感受到自己對金瓜石濃厚的鄉情。

山月慢食是緩慢對飲食生活的一種期許，儘管食材會因季節而有所調整，卻絲毫不影響旅宿的用心，在緊湊的日常，盼待旅者與親朋，甚至是自己坐下來，安舒地享受晚餐。

首先，管家送上開胃醋——「薰衣草醋」。職人用蘋果醋為基底，加上薰衣草調製而成，搭配去皮醃漬的番茄，透過燈光會看見以金箔點綴杯身的金色光芒，喻表這座出產黃金的聚落。管家以醋代酒歡迎大家

緩慢的每個區域與角落，有著家常的明亮氛圍。（林俞歡攝）

蒞臨，大夥圍坐在一堂，頗有年節團聚的氛圍。

第一道是由海菜、黃金蝦球、南瓜米粉組成的「三旬野菜」。位處冷暖洋流交會處的東北角，海洋生態資源十分豐富，也盛產海菜，廚師特別挑了獨特的當季海菜作為料理。以象徵大金瓜露頭的南瓜，說明金瓜石地名由來。黃金蝦球則代表早期礦工「藏金」的習慣，礦工為了增加額外收入，會在身上攜帶糯米紙，把挖到的碎金子包起來吞進去，用來躲避官員的搜檢。為讓客人體驗「藏金」，包著蝦球的透明糯米紙是能吃落肚的。

再送上桌的是「山稜野菜櫻桃鴨」。黃金稜線是新北市瑞芳區金瓜石海岸山脈群的統稱，分為十大登山路線系統，古道專家林宗聖曾將金瓜石至南雅一帶的稜線分別命名，稱為黃金十稜，此十稜坐擁山海美景，一路展延的稜線，有壯麗、遼闊的景致，景觀盡收眼底。

至於櫻桃鴨的由來是因鴨子來自英國的櫻桃谷，用玉米養殖的鴨肉精瘦好吃，目前位於宜蘭三星的蘭陽支流畔養殖，天然廣闊的環境加上良好的水質，造就此美味。

第三道料理為三碗二海鮮湯，意謂三樣料，古早一碗售價兩元，在一碗麵還維持一角錢的年代，是非常昂貴的酒家菜，彼時裡面有干貝、蝦、魚翅等高級海鮮，辛苦的礦工會在下班後裝扮體面上九份酒家吃頓好料理犒賞自己。因此，緩慢也準備了不同的三樣海鮮食材，喻表所謂的三碗二，讓大家品嘗。

第四道料理為九孔時雨煮，九孔是貢寮有名的養殖漁業，當地海岸邊有一池一池的方形池就是九孔池。九孔生長在暖水海域，殼呈現紅色代表主食是紅色藻類，若呈現綠色則以綠色藻類為主食。

接下來的第五道菜是炙燒鹽烤魚，這是來自基隆最大的魚市場「崁仔頂」的午仔魚，北臺灣流傳著「一午、二鯧、三嘉納」的俗語。午仔魚的油脂豐富，肉質細嫩，比較沒有細小的暗刺，大人小孩都喜歡，為在地人公認最好吃的魚，所以排名第一。

新鮮的魚經過簡單烹調就相當美味，廚師塗上一層薄鹽就送進烤箱，佐以檸檬更襯托出魚的鮮甜，此外，因為魚尾巴較薄，在烤時容易焦掉，因此料理之際特別塗上較厚的鹽巴，這樣烤出來的魚會比較漂亮。

在客人吃魚的同時，管家除了應景地推薦大家有機會到基隆的崁仔頂魚市場走走，也介紹魚貨的拍賣師——羅手，表演者嘴巴如饒舌，用臺語喊價的羅手拍賣方式。在拍賣過程裡，羅手必須眼觀四面、耳聽八方，從人群中看出誰有意願購買這批魚貨；而有心想買的顧客也得提高注意力，萬一不小心，整箱魚貨可能就被別人搶走，當然若只想看熱鬧無欲購買者，則不要比手勢或眨眼睛等動作，以免造成誤會。

第六道是美味的水果冰沙，淡化嘴巴吃過魚之後的重口味。

第七道為鎖管什穀燉飯，餐盤上的鎖管，正是大家耳熟能詳的小卷，北海岸是臺灣小卷最大的產地之一，晚間還能看到美麗的海上夜景。

映入眼簾的深色的盤子，喻表漁夫在深夜的大海捕撈小卷，因小卷具趨光性，漁夫運用打在海面的光源吸引小卷靠近，以利捕捉。

到了樂活汆燙則已接近山月慢食的尾聲，現場有三樣青菜，鍋裡滾沸的昆布湯，建議汆燙的時間掌握在三十至五十秒，最久不要超過一分鐘，汆燙過水的時間愈久，不只口感變老，營養素也會流失。

汆燙桌上的幾樣調味料，管家特別推薦黑醋（來自臺中的大越老醋，這是加進多種中藥材所熬煮成的五

在緩慢，我是返鄉的遊子。這邊宛若我的家。（林俞歡攝）

典雅的書牆，字裡行間的閱讀，是我靈魂的食糧。（呂銘紘攝）

香醋），與醬油（來自嘉義的正蔭油，這是用古法釀造半年的黑豆醬油，與市面上用大豆及小麥製成的口感不同，甘甜且不死鹹）。

吃完燙青菜，管家接著送上北海岸特產石花凍（甜點會依時序更換），每次皆讓客人嘗到驚喜。緩慢也貼心為大家準備了一壺不含咖啡因的晚安薰衣草茶，有時則是舒寧茶，用山泉水泡的茶，祝福大家喝了之後，夜晚有美好睡眠。

吃過以在地食材結合管家說菜的創意料理晚餐，假使天氣好，管家有時會帶客人到附近散步，沿階梯上行，到某個定點後，簡單導覽附近報時山、斜坡索道、無耳茶壺山、黃金博物館、時雨中學等景點。而我若沒什麼特別事，會走下階梯，到附近找鄰居二姐話家常。從這邊看過去的旅宿格外美，明月攀上屋頂，皎潔的光亮讓整座山城愈顯靜默。我與二姐在庭院看星眸點綴的夜空，把茶言歡，像喝入月光，接著講起童年往事與家鄉未來，祈願透過像在地生活的緩慢管家，引領遊客將旅行的速度放慢，真正認識金瓜石，然後將這樣的生活態度帶至日常。東扯西聊之餘，每每不知夜已闌。

踩踏夜色，一個人走返緩慢的路途，我憶及曾跟同樣喜歡山居歲月的友人F提起，每次回來就像進行一場旅行，沒有事先排妥的行程，有一種不同的感受，想去哪裡就去哪裡，說走就走，也可能賴著不走，譬如就賴在緩慢的房間或靠窗的座位看書或放空。她回覆說：「旅行中沒有計畫反而會得到更多的驚喜。」雖然她總是一派謙和地告訴我，自己喜歡輕鬆的聊天，太正經的談文論藝她並不擅長，但從她的話中，我時常能獲得一絲亮光。我想念和她一起在聚落的短暫相處，也期盼將來能有更多與F一起在山中互動的時日，陪她一起了解我的家鄉金瓜石，甚至讓這裡成為更多人喜歡停留的住所。

走進大廳，上樓前慣例地望了掛在裝置藝術樹枝上的幸福木鈴，那是我跟F都很喜歡的幸福木鈴，在它的背後藏著動人的故事。製作木鈴的藝術家是水湳洞山城美館的阿諾館長，父親是金瓜石的礦工，每次只要出門上工，館長的母親就擔心著，直等到丈夫踏進家門，她高懸的一顆心才能稍微放下。於是礦工用一塊小木頭刻成風鈴的大小繫在腰間，在回家途中，木鈴跟著步伐由遠而近發出「叩叩叩」的響聲，讓家人知道他平安歸來。在父親離世後，藝術家回想父母的這段故事，便發展出不同款式的木鈴，象徵平安的祝福。

我帶著這樣的祝福回到房裡，時間泰半已過凌晨，簡單寫幾行日記、看幾頁書，或給在山下的朋友寫幾句問候的明信片。熄燈就寢。待東方魚肚白，又是一天緩慢鄉居的開始。

或許，一早開啟房門，我還會在門口收到管家不打擾的親筆手寫短箋，分享跟我互動的心情或當地的人文風景。

緩慢在天地之間，彼此的笑容，是與大自然連結的印記。（林俞歡攝）

探芬芳

聽說臺北的天氣稍微放晴，但此時山上仍瀟灑地下著濛濛細雨，無傷大雅的那種。

我坐在靠窗的座位喝下最後一口咖啡，面對起伏的山巒，心中沒來由地一陣酸楚，只因朋友說這個季節的金瓜石除了雨水跟東北季風，好像就沒什麼值得帶走的回憶。此刻，外面又颳起大風，樹木被吹得左搖右擺。

沒幾分鐘，窗外的風雨俱歇。在我左手邊的無耳茶壺山，從這個角度看像一隻側臥的獅子，不怒自威，是否也與我一樣抗議著某些人對金瓜石的誤解？

我結完帳，往住宿的方向走。空氣中瀰漫著雨後混合泥土的味道，在我的嗅覺記憶裡，這是屬於小時候故鄉的符號，在城市將近四十年，每次大雨過後聞到這樣的味道，就讓我緬懷起童年。

實在沒把握雨水何時又會降下，只能邊趕路邊默禱，在我回到民宿前都是停雨的狀態，雖然隨身攜帶雨具，但家鄉的雨多半是傾斜地往身上打，外加下雨天泥濘的山路走起來總是比較吃力。瞬間，天邊出現了一線陽光，我相信是上帝聽見我的呼求了，因此讓天氣轉好，但雲霧依舊繚繞著山頭，我加快腳步，行經公路髮夾彎。過橋。到了這裡，就要進入一片森林，先爬完三十階的文青路，再爬完四十八個石階，就會抵達旅宿門口。綠色的草皮前種滿許多花卉植物，儼然一座花園。

曾經有人說金瓜石是位在海邊的山上，也是地處山上的海邊，山與海之間的距離是如此相近，而我則是不斷在尋找一個貼近靈魂與大地，足以用來形容金瓜石的形象。

推開門，回到家，我忽然聞到一股似曾相識的氣味，對了，是今年春節期間跟家人去旅行，在森林島嶼遇見的「雲霧森林」味道，同樣的清新脫俗，好舒服啊，剛才為了怕下雨而匆忙趕路回來的緊繃與疲累一掃而空，整個人宛若置身森林般的安舒。

利用管家準備晚餐的空檔，看見店長在櫃檯，我趨前請問香氣的來源。「那是最近推出的雲霧森林香水，館內一、二樓會錯開時間持續噴。」店長說道。除了雲霧森林，我也聞過另一支氣味略有熱帶微風與清淡果香，較為華麗的輕舞花園。兩支香水都相當接近這塊土地，既有森林的壯闊，又有花園的美麗，它們傳達的皆為記憶的氣息，不單是實體的味道。

我想像當自己置身繁華的城市，品味雲霧與花園的氣息，靈魂宛若承載著身體又重返家鄉，那種平安和幸福，與金瓜石的一花一草、一磚一瓦，我伸手可及。

庭妃跟我說，雲霧森林與輕舞花園可以疊香時，我們宛若置身於森林。（林俞歡攝）

記得創辦人庭妃跟我說過含臺灣檜木、茉莉香片等成分的雲霧森林和有紫羅蘭葉、桃花心木等成分的輕舞花園兩支香水可以疊香。先噴雲霧森林，再噴輕舞花園，兩支香水加起來會產生找喜歡的薰衣草氣味。哇！那真是令人欣喜的時刻。

原來這兩支香水的概念就彷彿她曾形容的，「臺灣有許多的森林，每個人去的森林都有不同的風貌，總有一款氣味會勾勒出屬於自己森林的樣子，而香氣是一種不管經歷多久的時間，都會帶我們重回當時現場的味道。」

誰說金瓜石在東北季風跟雨水之外，就找不到其他伴手禮了呢？雲霧森林與輕舞花園，以及其他的香氛手作品，還有緩慢民宿獨家才看得到的擴香木都是選項。我曾送擴香木給朋友，她說很喜歡這種不用插電的擴香木，省去被貓咪撲倒的風險，讓她能享受精油香氣的舒緩，擺在桌旁，繪畫時，心情也隨之沉靜。我為送對禮物而高興了好些時候，覺得這些禮品皆為典型自用送人兩相宜的選擇，是屬於在地旅行的美好氣味，也是記錄在金瓜石旅行的味道，值得旅人離

來緩慢，聽小熊與絲瓜皂的故事。（呂銘紘攝）

擴香木與精油，美好的伴手禮。（呂銘紘攝）

去前帶走的回憶，而這份回憶必須現場領取，無法請任何一位管家代客郵寄。

而我何等幸福，自己擁有的「輕舞花園」是F所贈，「來不及在你買『森林』氣味前送你，現在補上『花園』，讓它們團圓。記得有款神祕的味道——回家，森林加花園等於薰衣草森林。試試看吧，希望你會喜歡。」在給我的紫色小卡上，她這樣寫道。

我當然喜歡，並且珍惜，不僅香水本身，也因為F在我心中是一位值得珍視的朋友。無論是單支靈性又輕盈舒緩放鬆的雲霧森林、感性又甜美幸福夢幻的輕舞花園或兩支香水疊出來的薰衣草氣息，皆是金瓜石的味道之一，對我而言，這就是回家的氣味。

迫不及待給山下的朋友傳了訊息，分享我在家鄉與氣味的相遇，他們帶著期待的心情，託我幫忙攜回這份特別的記憶，或森林或花園或別款值得收藏的味道。

「僅此一次，下不為例哦，以後請親自前來領取。」我回覆訊息，順便加贈了一枚微笑的貼圖。

帶走香氛，我們如同擁有了整座山林。（呂銘紘攝）

管家引路

平常我在聚落行走，多半往更山裡去，一個人獨自漫步清心，當然如果能多一位同樣喜歡山居歲月的友人同行聆賞人自然的天籟，也是好得無比。獨行時，我盡量降低與成群登山客擦肩而過的路徑，並非生性孤僻，而是喜歡清楚聽見山林的脈動與呼吸，這與緩慢除了提供遊客一晚的住宿，進而引導他們去發掘在地之美，連結人情與溫度的理念不謀而合。

記得滿房的一個假日，當晚又有將近二十桌的用餐客人，無論是大廳的接待人員或廚房的師傅，全部的夥伴全都上緊發條忙進忙出。我坐在大廳休息區的沙發上目睹眼前發生的這一切，當下，我既心疼又略感歉疚，原來我們能在這裡享受緩慢的悠閒，是因為後方有一批在為我們卯足全勁像打仗般的人員努力付出換得的，而有時我們卻因自己是消費者可能衍生理所當然的錯覺。我幾乎可以說管家是民宿的珍貴資產，也是引導旅客認識聚落的在地生活家。

下雨天時，只要仔細看，你會發現這裡的雨會或向左或往右移動，如跳著沒有固定節奏的舞步，但如果客人沒靜下心來便很難發現。我第一次特別去注意窗外雨下的姿勢是因店長秀秀的提醒，真的是很美的雨姿啊，我由衷欣賞。她指向一樓大廳展示著在地畫家游志忠的作品，說有些遊客會在某幅畫作前佇立良久，專注地看著畫裡的景色，通常她會趨前介紹，有興趣的遊客會自行前往畫裡的景點。另外，她也曾邀鄭春山耆老、蕭瀟雨攝影師、王佳蘭畫家等在地藝術者在民宿的無償畫廊參展，並偶爾請他們在晚間與客人分享，讓

遊客常走訪的祈堂路，也是管家推薦的景點。（林俞歡攝）

大家能更多地與聚落有連結。

有一天在吃過早餐後，秀秀非常開心地拿了一張剛貼好郵票的明信片給我看，那是一張客人請她幫忙寄的明信片，看著她的笑容，我十分好奇明信片的內容，一看，上面畫著清晨在房外的陽臺寫生眼目所及風景、報時山卜等烤香腸的遊客、祈堂老街午茶的時光。筆觸簡潔、畫風清新地繪出金瓜石靜美。秀秀說她很喜歡替明信片貼郵票，偶爾會在當中發現驚喜，而這也是緩慢希望旅人慢下來之際，去觀賞、傾聽內心的風景與聲音。

已在緩慢任職超過十二年的秀秀，可說是把最青春的時光都奉獻給了這個聚落，我既感動又好奇，如此偏遠的山上如何能讓一個年輕的女孩不投身五光十色的都會生活而長住於此。

她告訴我，自己原先在銀行任職，開始是在親戚經營的咖啡店打工，覺得假日能上山很開心，在這之前住基隆的她都沒來過金瓜石，騎車上山打工，從九份到金瓜石這段路的美景深刻吸引著她，也從那時得知旅宿業。在金融業工作多年，她開始思考自己真的喜歡銀行生活嗎？當她參訪過民宿，發現自己還滿喜歡旅宿業，後來得知緩慢要在金瓜石展店，她透過影片知道這是一家網友眼中非住不可的民宿。

經過輾轉的面試、通過試用期，她在二〇〇九年四月初來到緩慢金瓜石，也因為喜歡這個地方，加上企業的友善、創辦人平易近人的領袖風格，讓她一待就是十二年。在金瓜石，她總是內斂，卻默默地關心也觀察著每位夥伴，幫助大家能更認識這塊土地，進而與遊客分享。她跟我說自己屬意的慢遊文學必須要步行，並非走馬看花式的觀光，而她也喜歡走金瓜石與附近的步道、認識大自然的植物，對她來說，這是她在工作之餘的休閒。

暖黃色的燈光，襯著大肚美人山，像住在山谷中的星星。（呂銘紘攝）

月亮，山暗，金瓜石的夜景。（呂銘紘攝）

我與秀秀對旅人漫遊山城的想法一致，要能善用雙腳行走。車子即便駕駛開得再慢，也無法進入蜿蜒的路坎仔或只有倚靠步行能經過的羊腸小徑，也唯有走路才有辦法貼近當地居民的生活。她說夏天，有些客人早上會去走水圳橋步道，有時會遇到淘金達人陳石成，會跟著一塊去淘金，就已值回票價了。她推薦一線天步道，雖然現在遊客明顯變多，那仍是她所喜歡的私房景點。當然如果時間允許，還可以去地質公園、樹梅坪，還有民宿附近正在整頓的石在幸福公園、祕密花園等。

我請教店長，經營這樣具社區指標性的民宿，最大的挑戰是什麼？她說是如何穩住夥伴的心，畢竟培養一位稱職的管家不容易，對她來說，讓夥伴願意留在這裡是一大挑戰。聽到我形容，「管家的飛快動作，是為了成就客人的緩慢享受。」秀秀微笑說，其實她希望達成的是，「要快，才有辦法與客人一起享受緩慢。」當完畢一天的工作，隻身從山尖路出發，行經山岔路口，抵達浪漫公路，再折返宿舍，沿途的美景，對她而言就是大自然給她的回饋。

淘金達人陳石成，信手拾起的石頭裡可能都暗藏著黃金。（林俞歡攝）

我想起幾次走到水圳橋步道前經過的一大片長滿各種花木的樹林，我問秀秀有什麼讓她印象深刻的植物，她告訴我，有一年中秋節左右，她剛好帶遊客要去水圳橋散步，發現「見花不見葉，見葉不見花」的金花石蒜，便開心地跟大家介紹，客人驚訝於她竟能把一種植物講得如此詳細。

秀秀滑開手機，跟我分享她在金瓜石拍下的花草樹木，「像落地窗前的這些茶花，怎麼拍也拍不膩，如果沒來這裡工作，不會認識這麼多的植物。」從她臉上的滿足，我曉得她非常喜歡金瓜石，喜歡，然後認同土地，進而留在這裡，把聚落之美分享給遊客，這是她的工作也是生活的一部分。

而安靜、樸拙是 Nancy 管家對金瓜石這個聚落的印象，好天氣固然適合戶外散步，但下雨天待在民宿欣賞窗外的景色，或從二樓的書牆借《無言的山丘》、《悲情城市》DVD，回房間看在金瓜石拍攝的電影也是一種享受。

天車間與斜坡索道遺址會讓 Nancy 想一探究竟，可惜常因遊客太多無法前往。我請她設計半小時左右的天晴版散步路線，她建議我從民宿出發，往下走至一線天步道，再到瓜山國小操場，從操場入口處望基隆山，可以看到非常完整的大肚美人山。沿著馬路下行，繞到三層橋逛逛，再往上走回民宿，若途中有休息或拍照，來回大概四十分鐘。

浪漫公路是 Nancy 推薦給遊客白天去的私房景點，但晚上那邊比較暗，加上有一段無路燈，要留意安全。她說，金瓜石的自然環境保持良好，自己曾在晚上騎車經過浪漫公路看到穿山甲，那時，牠正從馬路左邊往右邊走。一開始距離有點遠，她心想是貓咪嗎？後來看到牠三角形的尾巴，再近看確定是穿山甲，從左邊走下水溝，再爬起來，走進右邊的草叢中，模樣非常逗趣。

另外一位管家 Zoe，每次看見她，不知為何總會讓我想到在溼冷的大雨過後，穹蒼乍現的明亮陽光，或午茶時刻，吃著香氣四溢的手工餅乾，聆賞從書房傳來甜美的鋼琴旋律。

兩年前第一次去金光路上日式宿舍四連棟的她，對這個聚落並無深刻的記憶，真正有印象是來緩慢金瓜石民宿面試。當時恰逢夏天，九月的陽光跟她的氣質一樣很明美，從瑞芳騎摩托車行經九份到金瓜石，沿途山與海兼具的景色讓她驚奇，覺得這裡四處好山好水，這樣的風情令她為之傾心。

通常 Zoe 帶房時，如果碰上好天氣，她除了與住客介紹從房間看出去的景點，也會延伸附近的相關景點，像祈堂老街、報時山和茶壺山，而從浪漫公路散步到茶壺山是她推薦的散步路線，我問若是票選私房景點，哪裡會是心中的冠軍，她笑著說會投票給茶壺山，雖然那段路會邊爬邊喘，但當抵達目的地會讓人覺得所有的辛苦都值得，不管俯瞰陰陽海或看被雲霧繚繞的山頭，像極了畫中風景。

到職緩慢正好遇上金瓜石這幾年來最長的雨季，不喜歡下雨天的 Zoe 坦言有點被那樣的雨勢嚇到，我說雖然自己是聽著金瓜石雨聲長大的孩子，只是太久的落雨天在我心底也不討喜，但愛屋及烏，因為認同這塊土地，也就接受它的氣候。

「雨勢過大，山中容易起霧，為安全起見，我不建議客人外出；若只是細雨紛飛，客人又剛好對咖啡店有興趣的話，會推薦他們走走老街，那邊有散散步、祈堂小巷等兼具旅宿的空間，都是很棒的咖啡店。」她這麼說著。

靠近黃金博物園區遊客中心附近的四連棟與黃金博物館也是 Zoe 的散步路線，有時騎摩托車，要是好天氣慢慢沿著公路走上去也是不錯的選擇。

金瓜石看似偏遠，但交通其實便捷，至少有九六五、一〇六二等客運能抵達，假如從民宿出發，大概步行二十分鐘到瓜山國小對面的站牌就有往九份、板橋與臺北的車班。

聊及與遊客的互動，Zoe 說有一次輪到她帶夜間散步，一行十幾位客人跟隨她走在沒什麼路燈的浪漫公路，專注地聽著她簡單的導覽，當下讓她覺得自己真的就是生活於金瓜石的在地人，除了夜景，未來如果有機會她也想嘗試帶客人在附近看日出。

旅行者管家之一的千旻，到金瓜石工作之前從未來過此地，心中對它的印象也只有黃金博物館，來了金瓜石才曉得這裡與九份是不同的地方，喜歡聚落裡豐富的蕨類植物，在地人熱愛與推廣金瓜石的心讓她深受感動。

另一位旅行者家禎除了喜歡金瓜石的夜景，也推薦白天從茶壺山與報時山遠眺壯麗的山巒與陰陽海景給遊客。

對我來講，緩慢的管家是珍貴且稱職的，記得那次大雨的冬日午後，我剛從城市回到聚落，背著有點重的行李袋，走過彎曲的公路來到民宿，推開門，管家 Ben 招呼我入座，貼心地端給我一杯熱咖啡，讓我暖暖身，我抖落行李袋上的雨滴，喝著香氣四溢的咖啡，手腳溫暖了起來。原本打算出去散步，但考量到外面的雨勢實在太大只得作罷，我問喜歡健行的 Ben，這樣的天候，應該無法帶客人在附近散步吧，他說這樣的天氣的確不適合散步，但還是有客人詢問水圳橋、祈堂老街等景點，他仍會告訴客人怎麼走，也不忘提醒小心安全。

在這裡工作不到兩年，身懷木工、水電、油漆、換門鎖、修冰箱、洗衣機等機器零件十八般武藝在身，要是他沒說，我跟朋友都以為他已經待在這裡三年五載的時間。戴著黑框眼鏡的 Ben 是一位頗具熱忱的管家，我好奇年輕人如何能在這麼偏遠的聚落工作，放棄都會的繁華，甚至更好的發展不說，還得適應溼冷的天氣。他覺得金瓜石最吸引自己的是風景，要山有山，要海有海。從茶壺山看到基隆山的夕陽，令人陶醉，即使只是透過投影機與客人分享當地的照片，也足以彌補落雨無法出外散步的缺憾，特別是山城多石階，天雨路滑，真的比較適合窩在屋內喝熱茶，欣賞照片來認識聚落之美。

山上的日子真的不像局外人想像的無聊，工作之餘 Ben 會走些步道或去海邊釣魚，在這裡生活有度假的氛圍，尤其過去那段採礦歷史是到山上工作才得知。除此之外，習慣宅在室內的他，也會利用休假到附近串門子，與在地人或店家話家常，藉此更了解這塊土地的日常與發生的事情。我與 Ben 都喜歡拍照，我請教拍好照片的訣竅，他靦腆地說不敢當；但心靈與眼睛是最好的相機，有些景色相機不一定能取得。像二〇一九年秋天，有一次滿月，他帶客人在附近散步，一輪皎潔的明月正好從茶壺山升起，驚豔之際，大家紛紛拿出手機拍攝，只是當下，月亮，山暗，兩者反差過大，就算有人帶了專業的鏡頭也是徒然。

我與 Ben 聊到對未來的期待，「保留礦山文化，透過一些有當地歷史或故事的管道來多認識聚落，然後讓遊客會想再回到這個有家的溫度的空間。」他慢條斯理地說著，從他誠懇的目光裡，我彷彿看到遊客因他對金瓜石的喜歡與工作的敬業而再次造訪的景況。

聽著他的講述，我宛若也置身其中，我想起幾米《月亮忘記了》：「看不見的，看見了。……遺忘的，記住了。」當下，我需要的絕非相機，而是用心凝望和傾聽。

山間古道上的蒲葵，讓人忍不住多瞧一眼。（呂銘紘攝）

金瓜石擁有豐富的蕨類植物。（林俞歡攝）

晴光

天亮了，陽光潑進發呆床旁的窗，我在眠床上伸了個懶腰，不敵陽光的邀請，難捨地推開潔白柔軟的棉被起身，聽著讓靈魂甦醒的讚美詩歌，感謝上帝恩賜安靜的清晨。

冷氣團外加寒流來襲，山上已經很久沒看見太陽露臉的日子了。現在終於明白「美好時光」一詞的意思，原來美好與時間、光線有關，而光亮，經常感動著我們對美好的想望。為避免室內外溫差過大，我還是穿著輕羽絨外套出門散步。

記得之前在民宿工作過的S曾與我聊過她心中的金瓜石是介於偏鄉與城市之間的聚落，環境清幽，有很多的步道，非常大自然的地方。

會來這裡的遊客多半對這裡有些認識，一般的觀光客比較會去九份。「金瓜石本身就是一個私房景點。」她這樣棒的回應，十足感動了我，是啊，所有私房景點不就全藏在金瓜石的每個角落了嗎？有豐富的無形資產，像祈堂路那一帶油毛氈屋的原始樣貌就保存得很完整，我們都喜歡從金瓜石醫院遺址到小橋流水旁柑仔店那一段路。

彼時，S推薦了一條既安全又輕鬆的散步路線給我，踏出緩慢民宿的大門，步下長長的階梯，行經石山橋，沿著緩慢小路走大概十五分鐘到位處水湳洞的關於咖啡那段路程，是她難忘的散步經驗，她說有陣子下了好久的雨，突然有一天放晴，當天晚上，她跟朋友一起步行去關於咖啡用餐，吃飽後，再沿著原路散步回

油毛氈黑屋頂保存完整的金瓜石老街。（林俞歡攝）

來，沿途，微風輕拂很舒服。不管晴天或雨天，那段路都適合悠閒地散步。

另外，雨中的祈堂老街，濛濛細雨搭配著舊年的街景，如果不排斥雨天撐傘的人是不錯的選擇，重點是不會因為下雨就不好走路。

「雖然雨天的金瓜石有不同的美感，但因為山上有許多美麗的步道，還是比較適合在晴天走路。」跟多數人一樣，S跟我都比較喜歡晴朗的金瓜石。

今天真是難得好天氣，兩旁蓊鬱的樹木間鳥鳴，石山橋底下的外九份溪潺潺流水不絕於耳，偌大山谷、空曠的山路，連毛小孩也不見，獨有我一個行人漫遊其間，只為聆賞大自然的天籟，風聲、樹濤聲，聲聲入耳，我在橋上佇立半晌，為晴空照相，幫清泉錄音，然後再沿著原路沒時間壓力地步行回民宿。

踩踏枯黃落葉，行經生出青苔的三十個石

階（我私心將這一條只有三十階石梯的路取名為「文青路」，三十，除了有三十而立的成年祝福，也象徵人生步入另一個新的階段。走上這一條有著三十個石階的文青路，我們就正式展開一趟文化、青春之旅。無論十七歲、二十五歲、三十歲、四十歲，甚至七十歲都有各自不同的青春），走完這一條文青路，在右前方會遇見一面咖啡色的小立牌寫著，「緩慢呼吸／調整步伐」，很友善的提醒，讓旅人不用太急，緩緩走，輕輕聽，慢慢看，才不會不小心錯過一些美好。請永遠記得，緩慢，是舒旅的開始。

來到金瓜石，練習走路與散步，進而享受這樣的時光，是慢遊這個金色聚落必須的祕笈，這兩天開始放晴，尤其今早的天氣格外晴朗，特別適合漫步，不管走石階或爬坡。

這陣子，我外出散步，總有機會幸福地欣賞到老鷹在天空飛翔的英姿、於山櫻間採蜜的殷勤蜜蜂、沿途迎面而來的桂花香、在樹幹爬上爬下討喜的松鼠、掠過枝葉的藍鵲，也聽到居民在路上遇見山豬、白鼻心等經歷，覺得金瓜石根本是一片原始森林。

我期待每次在故鄉能一個人安靜的步行，即使面對望不見盡頭的階梯也無懼，一次又一次的走路，累積長時間走路的腳力，甚至可以臉不紅氣不喘地行走，無論是否隨身攜帶行李。

我想起有些朋友不喜歡，甚至害怕走路，常聽到的是我沒有靠雙腳一直散步的潛力。呵，應該大部分的人都一樣，鮮少人天生就非常會步行，泰半需要練習。我總在心裡這樣笑著說。

返回民宿，陽光慷慨地灑入屋內，不偏心給每個人一個溫暖的大擁抱。當我散完步回來，四桌靠窗的座位皆已坐滿了正在享用早餐的住客，我只得退而求其次找安靜的座位。

以營養可口聞名的九宮格朝食搭配多種顏色的時蔬，也準備了柳橙與檸檬果汁，以及黑咖啡（鮮奶可自行添加）讓住客飲用。

坐窗邊的一組客人，三個姐妹淘加一個小男孩，邊拍照邊發出：「哇！真的好棒，經典的九宮格朝食搭配窗外的花草樹木，風景超美。」拍照者除了讚嘆九宮格朝食好到物超所值，也邊指導她的朋友如何擺姿勢，眼睛要看哪個方向才能完成美麗的照片，「來，身體前傾，往後一點，放輕鬆，微笑，然後向左看，頭再稍微往右一點。」每個人都照過相後，小男孩喝著果汁，三人繼續低頭吃早餐，她們都說在臺北很少能吃到這樣美味的中式早餐。臉上露出非常滿足的表情。

天氣好，心情好，胃口也好，管家 Zoe 送上來豐富的早餐，三兩下就全部被我吃進胃裡。儘管每個管家都戴著口罩，但我仍能從大家充滿活力忙進忙出的送餐身影，感受到口罩下那一張張難掩熱忱的臉。我習慣坐的靠窗座位客人用完早餐離席，Zoe 正左手拿酒精噴槍消毒桌面，右手仔細地拿抹布擦拭，宛若在陽光照

位於山與海之間的聚落，安靜地聆聽旅人的心事。（呂銘紘攝）

我私心把這一條只有三十階石梯的路取名為「文青路」。（呂銘紘攝）

耀之下，替每個人明亮出被雨天陰霾籠罩太久的心情。

整理完桌面，戴著櫻花粉色口罩的 Zoe 經過，看到我的餐盤淨空，貼心地問需不需要加菜。她有一雙會微笑的眼睛，聲音有一種廣播主持人好聽又溫暖的質感，讓人很難拒絕（當然我並非單因為她的音質，而是真的覺得早餐菜色可口才加菜），我說：「好，麻煩請幫我加花椰菜、毛豆、高麗菜跟魚鬆。」我又添了一碗地瓜稀飯拌魚鬆配菜吃，這讓我懷念起學生時代，魚鬆拌稀飯，足以讓我連吃三碗稀飯也不嫌過飽。

用畢早餐，我端著咖啡移動到我慣坐的靠窗座位，欣賞久違的青翠山巒、白色的芒花、順著蜿蜒山路行駛的車輛、採蜜的蜜蜂、盛開的櫻花樹等景致，是雨後天晴的美好贈禮。

將近十一點，有兩組辦好退房的客人，坐在「山石間．刪時間」展區的沙發休息，其中一位女生想先將行李帶回車上，趕下一個行程，男生對她說，「不用急，看！這裡是緩慢，要妳把時間刪掉，慢慢來，妳還在那邊趕時間。」女生有點不好意思地笑著說，「我也不想這樣啊，但行程都排了，一定要準時，再晚的話，雪山隧道就會塞車。你們慢慢來沒關係，要多慢都可以。」在場的朋友都跟著笑了出來。

我聽著這樣的交談，羨慕起這樣的閒情逸致，好一個在山與石的聚落中刪時間的智慧。

太陽照射在桌面，形成不規則的好看光影，我刻意挪動身體，靠近陽光的方向，接受它的輕撫，前陣子雨真的下得太久，下到人都快發霉，即使雨天是一道金瓜石不可或缺的風景，但從遊客的言談間，聽得出普照的陽光或乾冷的天氣還是比較受歡迎。

或許因為昨夜晚睡，而待會又要接受廣播節目主持人專訪的關係，今天剛到午茶時間，居然又喝了兩杯黑咖啡，然後再次走出屋外，跟在幫窗櫺擦護木漆的 Zoe 管家聊幾句，接著到附近走走路，看看山，紓緩壓力，藉以轉移訪談前的小緊張。

回到民宿，距離線上專訪時間還有約莫半個小時，我在大廳吃了幾塊手工蛋糕跟餅乾，準備用甜蜜的心情接受訪問，介紹故鄉。

咦，既然是自己的家，對它理應再熟悉不過了，為什麼還會緊張？多少有點近鄉情怯吧，我想。

光亮，經常感動著我們對美好的想望。（呂銘紘攝）

山中遇雨

回到家鄉的第二天，屋外依舊霪雨綿綿，聽說這樣的雨已前前後後下了差不多一個月，如此長時間的下雨，印象中，只有小時候有過，不知是否要將之前沒下足的雨一次全補足。

我把頭轉向三點鐘方向的茶壺山，整座山被霧靄緊密地包圍住，連隱約的山頭都看不見，細雨像簾幕般，隨著風由左至右緩慢地移動著，不一會兒，山頭逐漸露了出來，雲霧卻又曖昧地繚繞山頭，不願完全離開，再沒一會兒，雲霧總算逐漸退散，整座山的樣貌清新可見，連從山路上開過的巴士都看得一清二楚。

趁著雨停的空檔，我用手機錄下這瞬間的變化，不消多久，薄紗般的雨幕又開始降下，整座山瞬間又是一片的朦朧，樹木被風吹得婀娜多姿，像一場嘉年華會，兩個鐘頭過去了，雨勢漸小，一隻麻雀飛到草皮上覓食，陪我欣賞窗外瞬息的變化，窗前的山景仍隨雨霧不斷交替轉變著。

我坐在窗邊，安靜地看著外面雨景的轉換，籠罩內心的烏雲逐漸散去。

二〇二〇年的最後一天，得知黃金博物館因受限於預算，無法補助目前正在著手的新書任何的創作經費，當下的心情像晴天霹靂，少了主要的資金，寫作的日子難免為柴米油鹽掛慮。我看著尚未完全整理好的行李，盤算著究竟怎麼做才好？握著行李箱的拉把，想著到底該繼續打包行李，或取出裡面的衣物，留在城市上班？我陷入天人交戰，要按照原定計畫如期完成新書，還是暫延？

我無奈地深吸了一口氣，閉起雙眼，希望讓紛擾的思緒稍微沉澱下來。「跟著心中的聲音走，我會引領你前面的道路。」一張開眼睛，我比較沒那麼擔心了，有了上帝的應許，無論環境再艱困，一定能撐得過去。

金瓜石是上帝賜給我的寶藏，我的詩人朋友H曾這麼說。隨著年歲漸增，愈能體會這句話的真確性，每次只要一回到家，即使天大的煩憂也能被這塊土地吸收。

下午，我目測外面的雨勢似乎小了點，便攏緊衣領，戴上帽子，從旅宿借了一把長柄大傘出門散步，踩踏落滿樹葉的石階，走過一段路，左邊的一畝菜園看起來正等待收成，繼續沿石階往上爬，經過籃球場，旁邊是民宅，在它的後方有一條小路，地上有長青苔的水管，有指標註明「步道登山口（隔頂）」。沿著路走，行經一間紅色屋頂，塗黑色瀝青的磚造平房，前面有家咖啡店，再向右手邊走上去就是山尖路一一七號，順著門前的石階一路往上走，就可直達九份。

本想說當下離天色全暗還有一段時間，步行到九份之後，再沿原路走回金瓜石；正當我這樣想時，雨勢忽兒又大了起來，我彎身讓傘面朝順風面抵擋風勢，不然雨傘恐怕會被強風吹得開花，風雨漸大，我只得打消走路上九份的念頭，乖乖往

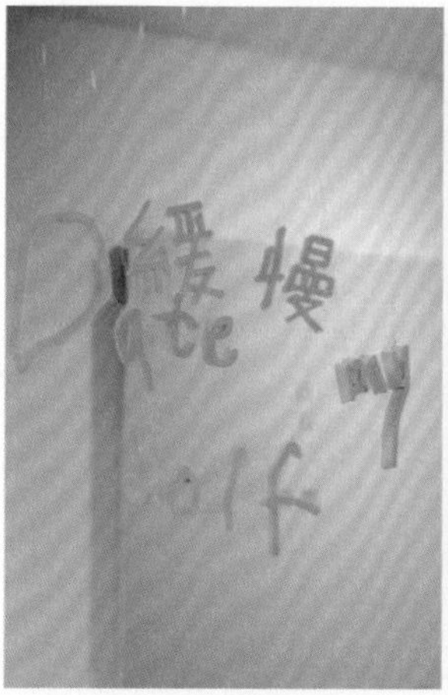

雨天，讓金瓜石的時間變得更緩慢。（林俞歡攝）

屋外霪雨綿綿，聽說這樣的雨已前前後後下了差不多一個月。（呂銘紘攝）

旅宿的方向走回去。其實從金瓜石漫遊到九份比較適合好天氣，早上七、八點太陽還不那麼熾時出門，或黃昏四、五點悠閒地散步上去，回程如果天色將晚，建議搭客運回來，可是如果遇到像下雨天或傍晚就不建議步行。

回到旅宿，恰好碰上下午茶的時刻，當然在這樣落雨的天氣，喝著熱咖啡，欣賞大自然的雨景之外，室內的人間煙火也讓我會心一笑。

鄰座的一對男女邊享用下午茶邊掛念臺北的生意。男人搖首說，「那塊土地不只有這個價錢，再找別的買家。」女人說，「現在時機不好，可以的話趁早賣掉比較好。」男人似乎不打算與她爭辯，轉了話題，笑著對女人說，「這裡很悠閒吧，這樣的安排還滿意嗎？」女人回答，「是很悠閒，可惜下雨，哪也不能去。」男人討好般，「明年我安排五天四夜的假期，帶妳去玩。」女人開心地回應，「好啊！我們去冰島看極光。」男人聽了差點沒噴出口裡的飲料，「唉，極光有什麼好看？去冰島少說要十多天，我要工作，又不像妳不用做事，可以說走就走。」女人放下手上的叉子，不甘示弱看著男人，「是你自己答應我的，我不管！」男人語氣盡是冤枉，「我只有答應帶妳去度假，沒說要去冰島，我工作這麼多，真的沒辦法離開那麼久。」兩人停止了對話，男人接了手機離開餐桌，女人無奈地望向窗外的雨景，吃掉盤裡最後一小塊蛋糕，而男人還在我後面的角落講手機談生意。

我在一旁看書，被迫聽著突如其來的對話，想著「悠閒」的定義，度假不就是要遠離塵囂，暫時擺脫數字與報表的纏累嗎？還是他們其實不是出門放鬆，只是換個地方談生意？杯中的咖啡冷掉了，我闔上書本，走上樓去。

外面雨景不斷地轉換，籠罩內心的烏雲逐漸散去，金瓜石的雨，像一支曼妙的舞。（林俞歡攝）

傍晚五點多，我在房間寫稿，忽然聞到一陣炊煙的氣味，心想難道今晚廚房改走古早味，生火煮飯？此時，房間的電話響起，是 Ben 管家撥室內分機通知我下樓用晚餐。步出房門，陣陣濃煙迎面襲來，好親切啊，是小時候阿嬤起灶煮飯的味道，我走下樓，晚餐已備妥，我尋找煙味竄出的方位，原來是樓梯旁的壁爐內生起了火苗，這是難得一見的景象，之前朋友來時曾詢問是否有機會拍攝生火的壁爐，得到的答案都是以前有生過，但已經很久沒生過火了，而且考量到可能觸動火災警報器而作罷。

我感到一陣幸福，自己居然有機會在這凜冽的天氣感受火苗燃燒木頭的溫度。問了管家，才知道原來今天託寒流來襲，外加這陣子落雨不停之福，老闆特別吩咐管家生火取暖，我也因此沾光得以親眼看見來自壁爐內的火焰。我既感動又興奮，除了拍照，也錄下影片，分享給在城市的朋友，收到的朋友泰半跟我一樣發出：「哇！」的驚嘆，在臺灣已經很少機會能看到生火的壁爐，在寒流籠罩下，大家跟我一樣看著火光就覺得溫暖。

靠在燒著柴火的壁爐旁的沙發上，跟一位不期而遇的朋友並肩而坐喝著熱茶，盛裝著溫熱茶湯的白色陶杯握在手中，身體也暖了起來，她跟我說在日本北海道時，她住的民宿像此刻在生著火的壁爐旁取暖是再平常不過的事了，我想下次如果有機會，在落雪的冬天，一定要去一趟北海道，體驗一下她所說的冰雪與烈火之美。

朋友靠近壁爐，俐落地夾起木柴就近火苗，讓柴火不致熄滅，我懷念起小時候幫阿嬤起灶的過往，問她可以也讓我試試生火的感覺嗎？朋友把鉗子交給我，我憑藉小時候的記憶，單手使力卻夾不起木柴，朋友在一旁提醒我說：「要用兩隻手一起才夾得起來。」重溫兒時回憶，分外覺得滿足。

除了柴火與熱茶，看著朋友的笑容，那樣的乾淨與純粹，這是一張會刻在我心版的容顏，在寒風暴雨裡，我想能讓人感受溫暖的也唯有彼此之間的真心誠意了。

壁爐內生起了火苗，這是民宿難得一見的景象。（林俞歡攝）

有朋自臺北來

清晨六點不到，晨曦已穿越林間，雖然它的腳步非常輕緩，像為了體貼我昨晚熬夜寫稿，不忍太早喚醒我，但我仍被樹上由低音到高音鳴唱早安曲的五色鳥給叫起床。

誠如往常，一天美好的開始，我以敬拜向主耶穌獻上為故鄉這片土地的祝福，讓悅耳的詩歌達到上帝寶座前。詩人在《詩篇》第六十五篇九至十節寫著：「祢眷顧地，降下透雨，使地大得肥美。上帝的河滿了水。祢這樣澆灌了地，好為人預備五穀。祢澆透地的犁溝，潤平犁脊。降甘霖，使地軟和。其中發長的，蒙祢賜福。」金瓜石就是如此蒙福的一塊寶地，我也因而盼待有更多人來到這裡去認識它。

連假即將結束，許多客人趕在離開前拍照留念，「真的怎麼拍都漂亮，風景美麗，人也跟著好看。」一位大姐跟同行的朋友說道。

用完早餐，我上樓回房休息了一下，就著手整理行李，今天我還沒要離開家鄉，只是換房間。連假前，H與Y跟我說，假期過後，她們特別安排了兩天一夜來金瓜石小旅行，同時來看看我。山居一段日子的我聽到有朋友要來，自是樂不可支，我又能帶朋友欣賞自己從小生長的地方了，即使這不是我首次接待從臺北來的朋友，但替到訪者安排走讀路線真是頭一回。

我步行至金瓜石車站去接H與Y，兩位朋友非常有恩典，碰上的是好天氣，沿途的風景美不勝收，她們時而錄影時而請我幫忙合照，我笑著提醒，「手機的電量要省著點用，這裡的山與海只是百分之一，等下還

明亮的景觀樓中樓，用來接待朋友的客廳。除了畫架，還有擺放書籍的矮櫃。（呂銘紘攝）

有更令人驚豔的風景。」

我領她們先到民宿寄放行李，用畢豐富的午餐，再一起去看古蹟水圳橋，橋旁邊就有專業的解說牌，也不用我多說，我分享了母親說過的水圳橋二三事，還有前陣子遊客踩斷橋的新聞，過去結合現在，那段挖礦年華彷彿近在咫尺，大家對我的故鄉也有不同於觀光指南的認識。

回程，我帶她們去看尚在整建中的石在幸福石頭公園，天然的大石塊、矽化安山岩、瀑布、古意的小橋，百合等數不清種類的花卉與蕨類，看得朋友連聲讚嘆，「這裡的環境根本就像一座祕密森林，如果沒有你這個在地人帶路，我們不會注意到。」

抵達民宿，悠閒地享用下午茶，在聚落每日步行上萬步是平常的事，從早餐、午餐、下午茶到晚餐，雖然每頓照常進食，但餐後除了走路散步爬山，還是走路散步爬山，不用擔心發胖。

接近四點，辦理過登記入住，體驗薰香的黑色小屋的「慢」儀式，抽完房卡，Ben 管家領我們到房間，朋友訂的是我未曾住過的景觀樓中樓四人房。「這間是電視劇《女兵日記第二季／女力報到》的取景點。」Ben 說。離去前，他貼心地問晚餐前有安排其他行程嗎？我說想帶朋友走去水湳洞看黃金瀑布、十三層遺址跟黃金海岸（陰陽海）。他看看手錶，說這樣會趕不回來吃晚餐，趁著空班，他說可以開車載我們去，我們聽了歡天喜地，我們除了謝謝 Ben，Y更是不住地說：「感謝主！」

樓中樓設計的房間，一入內，有個用來接待訪客的小客廳，右手邊戶外陽臺的蔚藍水池朝前方的陰陽海延伸過去，陽光折射下的水面波光粼粼，十分吸引人的目光。眼前大肚美人山豐腴的身形一覽無遺。初春的陽光潑入兩扇落地玻璃窗，室內瞬時溫暖起來。穿過迴廊，就來到一樓的臥房，房外的空間可以聽音樂、閱讀，累了就關上門，進房休息。

步上二樓扇形的木質階梯，我從旁邊的書架信手拿了本書帶上樓，像通往更深的祕境。這裡與一樓有著同樣可以聊天的小交誼廳，往裡邊走是舒適的臥房，空間各自獨立不互相干擾。左手邊又是一個大陽臺，貼心地放置了幾張座椅，觀景或沉思皆宜。

我們各自選好晚上要睡的眠床，約妥吃飽飯，散完步回房後，好好閒話家常一番，難得離開城市來到山中，不用趕上班打卡，促膝長談到天明也無所謂。

五點鐘，我們準時出發，Ben 沉穩地掌控方向盤，熟練地順沿山路，一路往下，朝水湳洞方向前進。看過了黃金瀑布，我們繼續前往十三層遺址，可惜還不到亮燈的六點鐘，儘管這樣，H與Y仍很開心地在觀景臺拍照、錄影。晴空下的黃金海岸美極了，我問她們，有無留意到陰陽海其實不只藍色與黃色兩種顏色，海浪拍打上岸時，浪花伴隨著的海水，其中漸層著香檳色、綠色與琥珀等色澤，經過我的提醒，她們再仔細看都留意到了，「是真的，好美呀！」我們連忙為當下的良辰美景錄下影音留念。

幸虧有 Ben 管家的接送，我們才能順利多出了水滴洞之行，我們對這樣的友善與溫馨充滿感謝。

一進門，看到管家忙進忙出的身影，餐具已陸續擺置定位，讓朋友期待已久的山月慢食即將登場。我們上樓稍做整理，準備迎接晚餐精彩的管家說菜，以及飯後管家帶外出散步，介紹當地風土民情的慢時光。

由上往下看，如萬花筒般的木質扇形階梯。（呂銘紘攝）

朋友跟我都推薦的山月慢食晚餐。（呂銘紘攝）

出發吧

吃過早餐，肚子十分飽足，我出門散散步，雖然喝了咖啡，還是希望能盡快消化掉胃裡的食物，免得上午工作時昏昏欲睡。

從家裡出發，信步走踏在山野與公路，無論平時或假日，植物和動物總是比人車多，對長期生活在盆地的我來說，每一次出發都是幸福。

每天吃九宮格早餐，在莫大的享受以外，還多了點小小的努力，稀飯與豐富美味的菜色，還有餐後的小饅頭跟水果，讓平常在臺北三餐不定時又隨意吃的我補充了營養；但對於一個人而言，這樣的分量實在太多，經常我都得在七分飽之際，再努力地吃光所有食物，避免浪費，後來請管家幫我減少分量，才知他們送上的已經是一個人的分量，我只能說回到家，絕對不會發生營養不良或餓肚子的情況。

行經石山橋，走下坡路，原先想去二姐家小聊一番，我在門口喊了幾聲，沒人回應，我試著開門，才發現拉門上鎖，她不在家。

我沿著緩慢小路步行，看見兩隻白頭翁停在枝葉間，還有一隻在電線上，用宛轉的鳥鳴跟我打招呼，我也熱情對牠們揮揮手道早安。山上真是度假的首選之地，能聽到微風輕拂樹葉與老鷹翱翔天際的聲音。彎曲的山路，即便偶爾有汽車駛過，也是悠緩的姿態。我走至可以望見十三層遺址的路段，本打算一路散步走到濱海公路，後來想起還得寫稿，只得原路折返。

回到民宿，開始動筆沒多久，就聽到阿正大哥推開門走進來的說話聲，他手上拿著腳架，有兩位朋友同行。原來是東森電視臺《進擊的臺灣》節目記者心怡、攝影豊閎來專訪阿正大哥談在地幸福經濟，得知我這個金瓜石人正著手寫作聚落的慢遊文學，也請我聊了心中的故鄉。

每次面對麥克風與鏡頭就緊張不自然的我，在心怡與豊閎專業引導下，從坐在大廳壁爐旁與小熊沙發合影的專訪，到樓上房間寫稿和看書的取景，皆順利完成。

拍攝好我的部分，他們繼續阿正大哥的專訪，我在一旁聽他分享幸福經濟，「生命的導航要重新設定，我們的經濟觀是導向幸福還是金錢？」阿正大哥的這個問題讓在場者都陷入思考，回答出口的話語或許不難想像；但付出的行動卻未必能與口中的答案對焦，因此，眼前的幸福經常離我們好遙遠。

我與阿正大哥陪同記者走訪攝影師蕭瀟雨的家泡茶聊天、石頭公園走祕境跟訪瀑布、悠一一九客廳喝咖

九宮格早餐，讓許久沒好好同行用餐的我們，幸福在一起。（呂銘紘攝）

最美好的事，就是在山中與自己的內心對話，然後和好。（林俞歡攝）

啡、水圳橋聽導覽與外九份溪戲水等，備感榮幸，能有機會再次親近，同時分享家鄉的美麗，最是令我感動，就算暫時擱置手邊的工作也不打緊。

擔心影響心怡與豐閔的工作進度，我先告辭，祝福最後拍攝夕陽的進度一切順利後，便從水圳尾步道走回民宿。沿途中，微風迎面吹來，稍微減緩白晝的高溫，天邊的陽光色澤已開始產生了層次，從金黃逐漸轉為橘紅。

等更黃昏些，想必豐閔拍到的金瓜石夕陽一定非常漂亮。

大肚美人山、緩慢民宿與石頭公園，由遠而近，各有不同層次的美。（林俞歡攝）

有著不同變化的夕照，在金瓜石特別美。（呂銘紘攝）

石在幸福石頭公園內有一道漂亮的瀑布，洗塵囂，也淨人心。（呂銘紘攝）

停飛

我漫步在樹林間，伸展膀臂，攤開雙手，一隻顏色斑斕的蝴蝶優雅安靜地停在掌心，停止飛舞的牠，是那樣的美麗，那樣的輕盈。

這是我人在臺北的時候，經常出現於睡眠中的夢，回到家鄉的前幾天，偶爾還會出現，逐漸地次數遞減，現在我已經很久沒做這個夢了。

也不知是否與我的回鄉有關，我在城市做夢，回到故鄉夢境成真。通常我在金瓜石走逛鮮少聽音樂，因為蟲鳴鳥叫就是最棒的天籟；但一次偶然的機會聽到〈森林漫舞〉這首鋼琴演奏單曲，明美、滿足，盈滿鳥語花香，像陽光親吻大自然裡的花草木石所帶出來的盼望與清甜，讓我一聽傾心，宛若為我在故鄉慢遊所量身訂做，超級無敵適合散步之際聆賞。

走在山林中，蝴蝶不怕人，我伸出右手，牠靜雅地棲息在掌中，如同我回到家，靈魂得著醫治跟釋放，知足常樂，拒絕被欲望追著跑，享受幸福。

本身擁有停飛的自覺，才有辦法讓我們的呼召和命定飛得更高，更遠，更美麗。

下了將近一個月的雨，金瓜石的天氣逐漸放晴，我打算邀約一位朋友到山上來，彼此分享在各自心中的我的故鄉。

這是一位於藝文場合認識的朋友，在一次新書發表會結束後，長輩跟我介紹一位戴著藺草帽，頭髮齊

緩慢金瓜石民宿低調地存在著，於聚落，是一種幸福。（呂銘紘攝）

頸，面容清秀的女生。「這是薰衣草森林的創辦人林庭妃。」

簡單打了招呼之後，庭妃說我寫的《金色聚落——記金瓜石的榮枯》讓她更進一步認識這片土地。我禮貌微笑頷首，邀請她來九份參加二〇二〇年九月十九日下午在昇平戲院舉辦的《一想到九份》新書發表會，她允諾屆時若時間許可一定出席（那是我第一次見到她），可惜當日的發表會我們緣慳一面。

其實，當時我記住的只有「庭妃」這個名字，僅止於此。我對這個名字印象深刻，是因為它與「停飛」同音，而經常我回金瓜石正是為了讓自己停飛，暫時降落，再出發時，期許自己能翱翔得更高，更遠，也更美麗。

我們真正有比較多的時間可以聊及金瓜石是在二〇二〇年十一月十一日，那天是我的新書座談會前夕，我和隔天的與談人，也是新書的美術設計跟庭妃一起享用晚餐，她問說開一瓶紅酒好嗎？這樣可以聊得更盡興，我們都樂意地說好啊。我記得庭妃開的那瓶是智利 MONTES ALPHA 金天使黑皮諾紅酒。

「一個旅人在金瓜石，老師會建議他待多久？」我有點微醺，半開玩笑地回答庭妃：「問我不準啊，我當然希望遊客在山上待愈久愈有收穫。」

我輕輕搖晃著高腳杯中的紫紅色汁液，這是一支優雅的單寧風糅合桃李果香，伴隨玫瑰香氣，含有番石榴、草莓、櫻桃等果香的酒，嘗得出黑皮諾特有的細緻果酸。我把剩餘的紅酒慢慢飲盡，仔細思考半晌後說：「三天兩夜吧，真的有心想了解這座山城，最少安排這樣的天數在山上，否則很難認識金瓜石的輪廓。」一瓶不知年份的紅酒喝入口，酒液濃郁緊實，滑順卻不會搶走菜餚的風味，也不刺激，是一支好酒，不宜喝太快，適合慢慢品嘗，像極遊客與金瓜石之間的互動。

到了翌日下午，我在金瓜石的座談會正式開始，主持人邀請創辦人引言，我才意識到緩慢金瓜石民宿是薰衣草森林的品牌企業。對照如鄰家女孩，平易近人到沒有架子，實在讓我無法將庭妃與「創辦人」三個字聯想在一起，而創辦人的身分與疼惜金瓜石的感情，對我來說無疑是後者重要。後來，我才得知她是專程前一晚遠從臺中搭高鐵，幾經舟車勞頓來到金瓜石參加這場座談會，我相信她是因為想更深入了解山城而來，金瓜石有這樣一位願意為當地投注心力的人，我十分感動，也因此，在心裡，庭妃在我這個礦山孩子的心中，除了創辦人，更是一位喜愛金瓜石的朋友，而我的潛意識裡，朋友這個身分反倒比別的身分更鮮明。

選擇讓緩慢在這塊土地落地生根的庭妃曾如此形容金瓜石，「黑屋頂是聚落的鄉愁，長長看不到盡頭的石階是山城的表徵，石頭屋代表身分的高度，採礦是當地人茶餘飯後的話題，也是深刻，輝煌的記憶。」她貼切形容對山城的印象與我不謀而合，有誰能說她跟這片土地沒有直接的關聯呢？

也許對有些人來講，會認為創辦者只是出資，與當地並無情感的連結；但土生土長，住在緩慢附近，同樣長年深耕家鄉的二姐認為，「緩慢推的小旅行是道地生活，不只是居民一直希望的，除了幫助遊客認識地方，也培養推廣在地生活的人才。」她十分肯定民宿的用心。

緩慢的夥伴對土地的認同與尊重，與創辦人推廣傳遞友善土地，使用落葉堆肥的「一畝田」脫不了關係。緩慢金瓜石的店長跟我說，庭妃曾帶領大家從早上九點鐘到黃昏，共同參與親自養成適應土地與氣候的種子，種植，然後收成，讓人知道自己吃的東西從何處來，體驗自身與土地的緊密連結，而一畝田區域也是復育螢火蟲的地方。

對於金瓜石，庭妃讓緩慢在此不遺餘力地耕耘，關心著它與聚落之間的互動，思索怎麼以團隊經營的理念，使這片土地的亮光照耀得更璀璨更廣泛，就像每次聽著她寫〈森林漫舞〉的感動，想像從她指尖彈奏

緩慢，是創辦人林庭妃的生活態度與智慧。（林俞歡攝）

出每個跳躍的音符，宛若一株又一株盛開的薰衣草，明美地遍植在整座靜謐的山城。我想起「雁行理論」，野雁們用V字形一起成群結隊在天空中飛行，最前面領隊的那隻野雁在飛翔的過程中會承受最大的阻力，而當領隊的野雁飛累了，牠們就會輪流退到側翼，換另外的野雁到最前端去飛行。

有臺灣民宿之父與民宿達人之稱的吳乾正曾說，庭妃是夢想的實現者。若以雁行理論來看，那麼，緩慢的每一位夥伴就是夢想的守護者，跟隨她一起往前飛。

*****

約定的日期到來，庭妃依約上山。

緩慢窗外的雨停了半晌，才又飄起細雨。利用剛才停雨的空檔，我們在草地上走了一會，提及COVID-19對休閒等觀光的影響，庭妃說疫情對整個產業皆是一大考驗，所幸旅宿的地點位處偏遠，反而成為人們旅行避難的地方。看著她清淺的笑容，我猜她並非完全零壓力，而是把壓力轉成在緩慢中前進的動力，我為她正面的態度感恩，

按下暫停鍵，能看見生命的美麗與自由。（呂銘紘攝）

今天，就讓自己停飛在家吧。（林俞歡攝）

在這樣不容易的時期，能有正面思考是上帝的恩典。

雖然已經是初春，但天氣還是微冷，對面被雨水洗過的山巒，翠綠得讓人視野開闊起來，就像我跟庭妃的對談。

說著金瓜石與九份的不同，看過《悲情城市》的她，對九份有種孤寂山城之感。聽她信手拈來一線天、祈堂路等景點，就像從小在聚落長大的朋友跟我細數家鄉二三事。庭妃說因民宿達人吳乾正而認識金瓜石，從他的分享中勾起自己對聚落的好奇，也特別去住當年吳乾正經營的雲山水小築民宿，才發現金瓜石比九份的步調更緩慢，而從雲山水的窗戶看出去，腦海會浮現電影的場景，讓她遙想過往的生活與淘金歷史。

彼時，吳乾正在金瓜石推動民宿，邀請薰衣草森林共同點亮金瓜石，庭妃說，「會來金瓜石，純粹因為喜歡，並沒做過營收損益的分析。」我感謝，我慶幸，因為有庭妃，金瓜石得以有緩慢，也變得更悠緩。

來到金瓜石，看見這邊的風、雨、雲等美景，她的心就會安靜下來。當決定耕耘聚落時，也是緩慢在此扎根的開始，費時一年，透過田野調查去認識這個地區，聽當地耆老重現當年，走訪這片土地，發現這裡是由許多故事起造而成的小聚落，有深厚的文化等待被挖掘，包括飲食，這也是後來緩慢的山月慢食，管家說菜的由來。

庭妃跟我介紹旅宿的設計理念：「緩慢無法開車直達門口，必須走上四十八階，才能抵達，即使交通不便，但它的特色鮮明，從遠處看，你會發現它存在得極低調，屋頂斜線與後山斜度相同，頂樓有一個與對面的陰陽海呼應的無邊際水池，從水與海，做海景延伸的概念。」從她的解說中，我曉得緩慢適時透過用故事再現那段繁榮歲月，讓大家喜歡現在金瓜石沉寂下來的狀態，因此，縱使地理位置偏遠，許多有尋找自我需求的旅人仍專程前來。

人的一生，有太多時候都在忙著低頭趕路，不是專注腳下的步伐，就是定睛眼前離目標還有多久，甚少有時間稍微停下來，讓自己重新歸零，單純欣賞四圍的風光。

和我同樣，庭妃只要回來金瓜石就會外出散步，拜訪鄰居，看看有無新的私房景點。再來，她鼓勵管家們多閱讀，多旅行，豐富自己，才能用更多的素材與遊客分享。然後，我們會發現，最好的旅行就是練習慢下來，而緩慢的存在，就是告訴快步伐的現代人，不急，慢慢來的這件事。

「旅宿與民宿有何差異性呢？」我問庭妃。

「兩者的差別在停留的時間，民宿偏提供住宿，也許主人會出來問候；但旅宿多了與土地的連結，我在旅行時不喜歡安排太多行程與飯店，會選擇一兩個住所待幾天，以居住者的角度成為一位認識當地的角色。」她如此回答。

聊及旅行的CP值，庭妃有點義正詞嚴地說她不以價錢衡量旅行的價值，而是用從旅程中的收穫來看待一場旅行。

緩慢並非領完房間鑰匙就回房的民宿，它精心設計入住的儀式，透過這個儀式，引領客人走入「慢」的訴求，讓他們將心情的急躁逐漸沉澱，這樣呈現出來的慢，背後藏著鴨子划水的智慧。

我們都認同會來金瓜石的人，對生活有非日常的想像，平時無法從忙碌的軌道抽離，因此，到了一個能提供自由的地方，正好滿足內心的渴望。

庭妃希望緩慢在金瓜石能成為一個吸引一群人，而那一群人是自己想成為的那一群人。說到這裡，她大笑了起來，問我會不會講得太抽象？我也大笑點頭回應，說我明白她抽象中的具體意思。

慢城是一種心靈狀態，對庭妃而言，當遊客來到金瓜石，有彷彿在此安身立命的感覺，那麼，金瓜石就是他的慢城。的確，金瓜石連下雨的姿態都那麼柔美跟緩慢，鮮少人能抵擋此番風情。至少我無法抗拒。

我與庭妃年紀相近，我們一致覺得慢活與慢遊或許需要年歲與旅行經驗的堆疊才能感受得到，因為年輕時急於想認識全世界，根本慢不下來。

步入中年後，尤其當所有時間都被工作占據，才曉得能擁有自己獨自的零碎時光是多麼珍貴。庭妃說：「有時，其實是我們太貪心，才導致慢不下來，如果能淡化物欲，透過內心看自己，反而能享受慢活。」我亦有同感。

一線天與報時山步道是庭妃和我共同喜歡的景點，從那邊看到舊昔礦業的遺跡，讓人遙想古早年代。當然還有一個具挑戰性的私房漫步路線，那就是隨意走逛，常會有蜿蜒向上，不知通往何處，具探險意境的石階，讓人愈走愈期待即將出現的驚奇，庭妃碰過，我也遇過，有時是一棵長滿金桔的樹，有時是種滿花卉的庭院。

有些地方會隨流行不停改變，但金瓜石一直保持它的原始與魅力，這是我與庭妃都珍惜的禮物。回鄉這段時日，我在緩慢聽著〈森林漫舞〉寫稿。停飛。讀書。整棟建築物，由裡邊至外面，從樓下到樓上，每一位到位的親切管家，讓我重新體驗回家真好的幸福。

更大的收穫是這一次回來，終於找到我在襁褓時期，阿公跟阿嬤生活的第一處住所，在感謝之外，也同時祝福緩慢能承載著金瓜石繼續平穩地飛翔，讓更多旅人見識，也親近這個美麗的聚落。

林俞歡攝

輯四　散策訣

報時山步道

在停車場旁的報時山步道，有著金瓜石最親民的三百六十度無死角山與海環景步道的美譽。報時山因日治時代在這裡設有定時鳴放的警報而得名。自登山口到攻頂，來回約莫十分鐘的路程，這一條全長一六六公尺的步道，規劃得非常用心，棧道走起來平穩，除了擁有高度的CP值，也有很棒的延伸感，適合拍照。

從入口處往上走大概兩分鐘會遇到一座涼亭，名為朝日亭。前面還有一處平臺供遊客休息，再繼續往上走就能抵達山頂，三百六十度的風景堪稱完美，不僅能遠眺無耳茶壺山、大肚美人山，同時可以欣賞到位於金瓜石下方，在水湳洞的陰陽海、十三層遺址等山巒，美景盡收眼底，令人讚嘆不已。

報時山步道附近還有昔日採礦的六坑斜坡索道與天車間遺址，走下步道後，往左邊走一小段路就可以到達目的地。天車間為過去臺車的車站，以臺車載運物資去水湳洞（斜坡索道為臺車的軌道），一路往下走到六坑。這裡是認識以前聚落礦業遺跡的好所在，但因天車間徒剩斷垣殘壁，行走或拍照都必須特別小心。

離開報時山步道附近，往祈堂老街的方向走，可以通往國際終戰和平紀念園區（當年的戰俘營），入口處有門柱與一小段圍牆遺址，這是臺灣第一戰俘營現今僅存的遺跡。紀念碑是為當年的戰俘而立。再往裡邊走，有一個圓錐形的雕像，其上的火焰，碑上有「永恆的和平與追思之火」字樣。

至於園區後方主題為「夥伴」的雕像，則代表當年互相幫助的戰俘，正如碑上的文字，「沒有夥伴的相互扶持，戰俘無法僥倖存活！」在雕像背後還有一面石牆，其上刻著密密麻麻的英文名字，寫有「自由必須付出代價，我們將永遠記得他們。」臺灣戰俘營紀念協會也固定在每年十一月的第二個假日，在園區舉行追思儀式，以茲紀念。

每次來走報時山步道，如果時間充裕的話，我偶爾也會順路繞到國際終戰和平紀念園區，對於當下擁有的民主與自由，格外珍惜。

雲霧繚繞的報時山步道，讓人像置身世外桃源般。（呂銘紘攝）

晴空萬里下的報時山步道，遠方的美景一覽無遺。（呂銘紘攝）

水圳步道一線天

又是個天朗氣清的好日，我帶一位喜歡金瓜石的客人兆欣外出散步，從緩慢民宿出發。走過四十八個階梯、三十階路（此為舊石階，有古樸之味），行經石山橋，往右行，爬一段石階路後，留意腳邊會有一條水溝，其上有水泥製的粗水管。跟著水管路段的方向行經水溝，穿越兩塊岩石間，經過之後，沒再看見水泥管。聽長輩說才曉得這條水圳是從水圳橋延伸過來，是以前的水圳道路。

沿著舊的水圳路往前走，遇見由人手鑿穿的水圳步道一線天峽谷，峽谷底下有在地人用石頭鋪設的路徑，走起來安全也較好走。

稍往前行一小段路，在眼前又出現一座磚紅色水圳橋，跨越溪谷，可惜現今已荒廢。

我跟兆欣介紹磚紅色水圳橋的上方處就是金水公路的路段，站在這裡不只可以眺望基隆山，連浪漫公路、金水公路，皆視野寬闊盡收眼底，據聞此地也是電影《稻草人》劇中投棄炸彈的場景。

由旁邊水泥石階路往上走，途中有一塊巨大的岩石，據聞每年都有瓜山國小的畢業生在上面拍照留念。聽到我這樣講，兆欣說她也想爬到岩石頂拍照，記錄一下自己來過這裡，由於岩石高度不低，我邊充當攝影師邊提醒她留心安全。順利完成了拍照，我們繼續往前走。

爬完長長的石階路就會看見瓜山國小的操場，平常有跑步習慣的兆欣，開心地跑了五、六圈操場，不好意思讓我等太久，在經過我身旁時對我說：「這是最後一圈了，要不要一起走一圈？」我欣然答應，脫下

一線天步道是早年在地居民親手開鑿用來上工的路徑。（呂銘紘攝）

輕羽絨外套陪她邊走邊欣賞周圍的風景，看著橫臥於面前的大肚美人山，她好奇這座山名稱的由來，我簡單說明，其實大肚美人山就是基隆山，從金瓜石看它的山形，因凸出的岩石、隆起的山峰，彷彿一位橫躺的美麗孕婦而得名。

面對瓜山國小前的馬路就是金水公路，從金水公路走一小段路到學校後方的停車場，它旁邊有一條長長的石階路，往上爬，會通到昔日的戰俘營遺址。

水圳步道一線天原本是只有在地人才曉得的私房景點，隨著網路的發達，到此遊玩的人數也日愈增加，這裡確實非常清幽，適合散心，拍照；只是因地處山谷，步道又狹窄，行走時千萬要留心安全，若天雨路滑則不建議前往，避免發生危險。

回程，我們改走大馬路返抵民宿。在商品區選妥幾樣伴手禮，兆欣就準備下山，結束兩天一夜小旅行。臨別前她主動給了我一個溫暖的擁抱，謝謝我讓她的旅行充滿美好的記憶，我則是感謝她喜歡我的故鄉，並期待下回在金瓜石再相見。

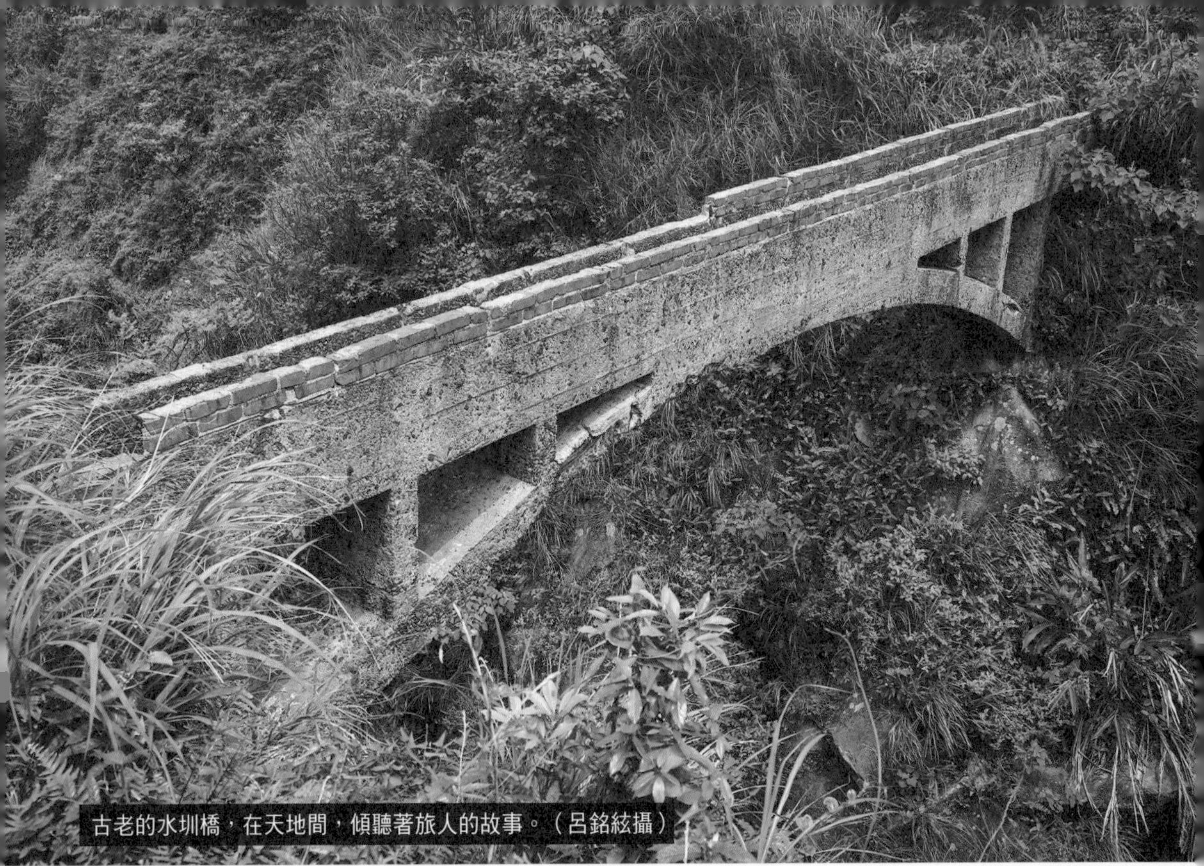

古老的水圳橋，在天地間，傾聽著旅人的故事。（呂銘紘攝）

隱藏在山野石階間的水管路。（呂銘紘攝）

山尖古道

從金瓜石通往九份的山尖古道是我滿喜歡的散步路線之一，這條古道的行走時間來回大概一個鐘頭可以走完。

山尖古道在陽光普照時，走起來有希望在前方的召喚；細雨紛飛時，走起來有詩情畫意的浪漫。晴天跟雨天我都走過，兩者的體驗非常不同。朋友問我比較喜歡晴朗或微雨步行山尖古道，我猶豫了一下，還是坦白選擇天晴時走，理由是好天氣不需要雨具，不僅能無負擔地散步，還能輕鬆地邊走邊照相。

然而，我第一次走山尖古道是下雨的冷冬，那天我從九份隔頂公車站牌旁山尖古道的入口處往金瓜石的方向走，不久就看到一棵愛心形狀的樹，心跟著暖了起來。沿途皆是下坡的花崗岩石階路，即使下雨天，走起來也不吃力。

一九九七年，山尖古道舊有的古樸石階，為因應觀光發展加以重整，而鋪上現代花崗岩材質，被取名為觀光路步道。

復前行，走數百公尺左右，山尖古道與公路交叉，附近有幾戶民宅錯落。確認左右無來車，過馬路繼續往前走，會聽到外九份溪畔潺潺的流水聲。走沒多久，再行經馬路，朝下一直走，附近的房子多了起來，有古厝、平房與新樓，只是泰半大門深鎖。再往前走，遇見的是一間外表塗有瀝青的黑色廢棄建築，這裡是早年生意興隆的柑仔店。繼續走下去，在跨越外九份溪的地方，會看到古蹟水圳仔橋（三層橋）遺址。

位在外九份溪上，分別鋪設於清朝、日治時代與國民政府時期的三層橋。（呂銘紘攝）

山尖古道上隨處可見的綠盎風光。（呂銘紘攝）

日治時期興建的水圳橋，早年用來運水，將水運到下方的日本礦業製煉廠。現今已廢棄，水圳橋上面的流水不復見，倒是橋底下的溪水聲依舊，天氣好時，還有人在溪裡戲水，甚至架攝影機拍照。

走過水圳橋，一小段上坡後，可以看到在水湳洞方向壯觀的基隆山東峰（雷霆峰），左側為海拔四八五公尺的四八五峰，它的旁邊是基隆山主峰，沿著步道走下去會到隔頂，再往九份的方向走就是老街。

繼續往前走，會經過攝影家蕭瀟雨的住宅，有時晚餐後，他會坐在庭院與來訪的朋友喝茶，吹起所愛的排笛，悠揚的排笛聲迴盪於山谷，我也跟著享受了一場免費的音樂會。

攝影家住宅的旁邊有一塊大石頭，站在上面可以拍到用手托著對面漂亮民宿的畫面。行走至此，已經沒看見山尖路步道的範圍，底下展開在眼前，取而代之的是柏油馬路。

附近還有一座正在擘劃的石頭公園，名為石在幸福，公園內除了有一道瀑布外，還有山蘇等豐富的蕨類，種植水柳、樟樹、楓樹、蘭花、油桐花、野薑花、鳶尾花、白牡丹、金毛杜鵑等花卉，公園內還有一座小拱橋，是以前的古道，整座公園就像森林，是只有在地人才知曉的祕境，很適合拍美麗的照片。

跟著吳乾止里長與在地居民來石在幸福公園拔草、整頓環境，就算不小心手被劃傷也無所謂，看著里長修剪樹木的俐落身影，大家同心合意為社區的新景點而努力，覺得是一件有成就感的事，將來公園可供大家露營、看星星、烤肉等野外活動，預估也會成為金瓜石新的遊樂場所與打卡的景點。

向晚時分，離開石頭公園，走在彎曲的柏油馬路上，這是緩慢小路，往下走從遠處就能看到十三層遺址，繼續往前步行，會經過位於水湳洞的黃金瀑布，是一條適合慢遊的舒適路線。

山尖古道上的小橋流水，是畫家筆下的風景。（呂銘紘攝）

古樸的石牆，老舊的窗戶，見證歷史之頁。（呂銘紘攝）

本山地質公園

我在位於一〇二公路十八公里轉彎處，豎立著「金瓜石地質公園」的標誌與導覽圖的入口處，準備進入本山地質公園。

第一次走地質公園是二姐領著我走（她常說我回故鄉，路走得不夠多，因此，一有機會就帶我走路），同樣是從這個一〇二公路十八公里轉彎處入口開始走。

這一次我想測試自己認路的功力，婉拒朋友的陪同，選擇獨自前來，這一段路，兩旁的樹木蓊鬱，沿途，有幾隻蝴蝶飛舞，三兩隻畫眉鳥跳躍著穿梭於山林間。走沒多遠，就遇到一條往左邊的岔路，木製指示牌註明那是通往黃金博物館的路。

金瓜石地質公園位於「本山礦場」，是露天開採的礦區，它的位置在黃金神社的上面。一八九四年在本山，發現的大金瓜露天礦脈，因形狀宛若南瓜（閩南語為「金瓜」），而被稱做「金瓜山」，當地人說的「大金瓜」，此為金瓜石地名的由來，也是金瓜石最早發現黃金礦脈的地方。

據說本山原先的高度是六三八公尺，但經過將近一個世紀的開採，山頭被劃平，現今它的高度大概剩下五百公尺，比茶壺山與基隆山還低。

從這裡走向本山礦場的步道是過去採礦的舊路，踩踏寬闊的碎石路步行，沒多久，會遇見一座依照基隆山形狀設計的石頭，可惜前方的基隆山被芒草擋住部分，無法清楚對比。逐漸地上坡，這段路雖不難走，但

擺放石頭陣的本山地質公園，吸引許多遊客前來觀景。（呂銘紘攝）

沿途沒什麼遮蔭的樹木，陽光一來，仍汗流浹背。走了約莫十五分鐘，已接近礦區。

我遙想當年的金瓜石，由於大金瓜露天礦脈含金、銅量豐富，當時採金的工人高達數千人，這裡成為熱鬧的聚落。

在這個時候，路的中間出現一塊形似大金瓜露頭的岩石，地面輻射狀的圓形廣場圍繞著石頭。幾名登山者正往出口的方向走，我們互相頷首打招呼。

面對遠方看見茶壺山的稜線，感覺是另一番的天寬地闊。

金瓜石從露頭開始往下算為一坑、二坑、三坑（現在的地質公園），如今已不存在，四坑、五坑、六坑，這些坑口仍在，七坑則位處十三層遺址停車場面朝陰陽海的右方，八坑與九坑則在海平面以下挖掘，當年採直立電梯往下挖，再用平向挖掘，最深到海平面底下一三二公尺。

從入口一直走到本山礦場，整個路程差不多一刻鐘，礦場所在地就是被剷平的大金瓜，周遭矗立裸露的黑色與黃土色岩壁，中央的區塊置放上百顆的石頭，相當壯觀，此地是網美拍照的火紅景點。

在我的身後有一小道沿著岩壁往下流的小水流，岩石上的青苔、蕨類植物襯托著嘩嘩的水流聲，清涼了高溫的天氣。

距離礦場走路約莫十分鐘，附近有一個無敵海景步道，只須爬過一段階梯就能到達。佇立於此，俯瞰金瓜石聚落與眺望附近山巒，左邊為茶壺山，前面是一望無際的海景，視野變開闊之際，讓我覺得有美麗又略帶滄桑的感受。

喜歡登山的友人說，如果想更進一步感受礦山的脈動，不妨再從本山礦場向南邊走，有步道接草山公路，再到樹梅礦場，那裡又是另處露天開採的礦區，同樣有著原始礦山風光的感動。

大基隆山與小基隆山，相對兩不厭。（呂銘紘攝）

地質公園，光影交織出美麗的林蔭大道。（呂銘紘攝）

藍天下，陽光照耀的海景步道。（呂銘紘攝）

一遊茶壺山

爬茶壺山，有許多的登山入口，我選擇從黃金博物館附近的階梯往上走，春天時，途中會經過一片櫻花樹林，在櫻花盛開的時節，十分美麗。

在登茶壺山之前，如果體力與時間皆許可的話，可以先到附近去欣賞一座形狀像可愛小狗的岩石。然後，再走往高度五八〇公尺的茶壺山，這一路都是陡上石階路，沿途無遮蔽，瑞芳區公所建了幾座涼亭，讓遊客中途可以休息。

茶壺山是舊昔開採的礦山，所以有產業道路彎繞於山腰，以前的路是崎嶇的泥土路，後來被鋪設成柏油路，通往茶壺山頂的下方，現今攻頂僅半小時左右。

朋友開車上山，替大家節省了約莫四十分鐘的路程，到了產業道路的盡頭，把車停在路邊，我們步行上山。走了一段石階與碎石子路後，行經木棧道，到了一處木造觀景平臺，有幾塊石頭讓人休息。

架妥相機，希望能將美麗的雲海景色收入鏡頭，可惜風大，雲霧受到風力影響無法再升得更高，減低了看見琉璃光的機率。

這裡視野極佳，遠眺風景，看到彷彿懷孕婦人模樣的基隆山優雅地躺臥，再過去能望見陰陽海。觀景平臺下方是廢棄的礦場，有岩層裸露。

此地距離茶壺山，只要再爬兩百公尺的石階路。我們向上行，又是石階與碎石子路交替走。幾分鐘後，

穹蒼。浮雲。芒花。在茶壺山步道盡收眼底。（呂銘紘攝）

從茶壺山步道眺望水湳洞聚落。（呂銘紘攝）

抵達寶獅亭。體力尚可，沒多停留休憩，繼續走上去，走到距離茶壺頂三十公尺的地方，石階路變成陡斜的泥土路徑，再上去靠近山頂處，有一條白色的繩索從茶壺洞口垂降下來，我們看著眼前的繩索，再仰望山頂，覺得攻頂是一件不簡單的事，彼此互看了幾眼，多半打算下次有機會再試。

我忽然想起聽過的一個故事，有一位在民宿工作的管家曾分享她爬茶壺山的經驗。她與她的女兒也是從黃金博物館旁寫著距離無耳茶壺山九百多公尺指標的入口登山。走到一條馬路，她們繼續往前行，走上去視野開闊，相當迷人。

當時，到了離茶壺山頂還有段距離的觀景平臺，剩二六〇公尺，再走上去，到了要拉繩子攀爬之際，管家試著拉了幾下繩子，感覺無法攀爬想放棄，女兒鼓勵她不能放棄，教母親抓緊繩子，告訴她抓哪個位置，女兒站在旁邊指導她，左腳踩這，右腳踏那。

「對！就是這樣。」照著女兒的指令，管家真的成功爬上去。攻頂後，她很興奮，受到孩子的鼓勵與支持，非常有成就感。有長輩形容她與女兒的這段互動，「氣勢磅礡，母女情深。」縱然只是生活中的一則插曲，卻感動著許多人。

聽完這個故事，原本想放棄攻頂的朋友重新振作起來，我們互相鼓勵，幫彼此加油打氣，一位接一位，陸續拉著繩索，認真地用力攀爬，終於抵達茶壺洞口，只是我因為身體些微不適，所以沒攻頂，站在原地等大家。

看著洞口貼著危險勿入的警示語，此時天色向晚，加上聽說茶壺洞不容易鑽入，為了安全起見，有些人決定不進去，反正以登山界朋友的說法只要到了洞口就已算成功的攻頂。

趁著黃昏，天色尚有些微的光亮，大家或用相機，或拿手機取景拍照，我從茶壺山往大肚美人山方向拍夕照，視角極佳。

離開時，我看見一位穿著米色裙子、黑色皮鞋的女孩，從茶壺洞口輕易地拉著繩索下來，心裡除了替她捏了一把冷汗，也佩服她竟以那樣的服裝，且手無任何登山器具就來攻頂。

下山的路走起來縱使輕鬆許多，但仍必須留意碎石子的路段，此刻，尚有登山客上山，有兩位年輕女生氣喘吁吁地快步走向茶壺山，其中一位半開玩笑地抱怨：「救命啊！我直接去買一把茶壺還比較省事。」

我由衷祝福她們能順利攻頂，雖說年輕就是本錢，但挑戰茶壺山，還是得按部就班，一步一腳印，慢慢走上山，更能享受爬山的樂趣。

漂亮的茶壺山夜景，預告著充滿希望的明日。（呂銘紘攝）

金水公路
天車間遺址
斜坡索道遺址
茶壺山小吃
散散步咖啡
迷迷路食堂
金瓜石文化館
祈堂路
白帶魚米粉
阿嬤的柑仔店
小橋流水
金瓜石101民
金瓜石郵局
金瓜石派出所
瓜石車站
礦工食堂
無耳茶壺山
金采賣店

舒旅金瓜石
景觀地圖
雲山水風味餐
雲山水隱巷石頭屋
浪漫公路
緩慢小路
緩慢金瓜石
樹屋民宿
山尖路
小房子民宿
悠119客廳咖啡會館
水圳橋
五號
五號寮小吃
金漫會
黃金博物
食不厭
瑞金公路

金水公路
步道一線天
報時山步道
國際終戰和平紀念園區
茶壺山步道
山地質公園

舒旅金瓜石
步道地圖
山尖路
水管路
山尖古道
瑞雙公路

白鷺鷥的願望
大時代
March汽車廣告
地圖的盡頭
影藏
心星的淚光
16個夏天
太平輪:亂世浮生
我的億萬麵包
笑傲江湖OnLine
枯嶺街少年殺人事件
就想賴著妳
悲情城市

舒旅金瓜石
影視地圖
悲情城市
一萬公里的約
轉角遇到
戀戀風塵
無言的山

舒旅金瓜石 / 賴舒亞著.-- 初版. -- 臺北市：
時報文化出版企業股份有限公司, 2021.06
面；　公分. -- (View；95)
ISBN 978-957-13-9073-4(平裝)

863.55　　110008413

VIEW 095

舒旅金瓜石

作　　者——賴舒亞
主　　編——李國祥
企　　畫——吳儒芳
封面設計——黃永寧
美術設計——黃永寧
攝　　影——林俞歡、呂銘紘
地圖繪製——蔡杏元
校　　對——李國祥、謝佳容、賴舒亞

總編輯——胡金倫
董事長——趙政岷
出版者——時報文化出版企業股份有限公司
108019 臺北市和平西路三段二四〇號三樓
發行專線：02-2306-6842
讀者服務專線：0800-231-705・02-2304-7103
讀者服務傳真：02-2304-6858
郵撥：19344724 時報文化出版公司
信箱：10899臺北華江橋郵局第99信箱
時報悅讀網——http://www.readingtimes.com.tw
電子郵件信箱——genre@readingtimes.com.tw
法律顧問——理律法律事務所 陳長文律師、李念祖律師
印刷——金漾印刷有限公司
初版一刷——二〇二一年六月十八日
初版二刷——二〇二一年十一月二十三日
定價——新臺幣三八〇元

時報文化出版公司成立於一九七五年，
並於一九九九年股票上櫃公開發行，於二〇〇八年脫離中時集團非屬旺中，
以「尊重智慧與創意的文化事業」為信念。